小学館文庫

浄瑠璃長屋春秋記

照り柿

藤原緋沙子

小学館

目次

浄瑠璃長屋春秋記　照り柿

第一話　盗まれた亀

一

　青柳新八郎《あおやぎしんぱちろう》は、その女を回向院《えこういん》の表門を入ってすぐの、藁裏《わらづと》弁財天の前で見失った。

　新八郎が女の後ろ姿を両国の東詰めで人混みの中に見つけた時、まずその襟足《えりあし》のはかなげな表情にどきりとさせられた。

　それに女が纏《まと》っている衣装には覚えがあった。

　舛花《ますはな》色地に花びらを裾《すそ》に散らした友禅の小袖《こそで》、黒紅《くろべに》色の幅広の帯、細かい柄までは定かではないが、よく似た着物の立ち居姿を見たような記憶があった。

　――しまった。

臍《ほぞ》を噛《か》む思いで、今入って来た表門を振り返り、そして本殿への参道に目を遣《や》った。

しかし、やはり女の姿はもうそこには無かった。もはや夕暮れも近いと思われるのに、行き交《か》う人の群れは切れることもなく、女は、人の波と一緒に、どこかに移動して行ったようである。

新八郎は溜《た》め息をつくと、腰に手を置いて佇《たたず》んだ。

回向院は梅雨《つゆ》時まで京の龍源寺《りゆうげんじ》の観世音菩薩《かんぜおんぼさつ》の御開帳があるとかで、終日人々が押し寄せている。

この群衆の中に一人の女を捜し出すなど、敷地が五千坪にも及ぶ回向院では、所詮《しよせん》無理かと思われた。

諦《あきら》めて踵《きびす》を返そうとした新八郎の耳に、聞き覚えのあるガマの油売りの声が聞こえて来た。

すぐ近くの瓢箪《ひようたん》池の傍《かたわ》らに人垣が出来ているが、どうやらそこからその声は聞こえているようだった。

ふっと人垣の後ろから覗《のぞ》いてみると、やはり先月浅草寺《せんそうじ》の境内《けいだい》で見たあのガマの油売りだった。

ガマの油売りは、新八郎と同じく浪人で、大道芸は糊口《ここう》を凌《しの》ぐためかと思われるが、竹籠《たけかご》の中で眠っている相棒のふてぶてしく太ったガマに比べると、いかにも骨々しい男だった。

小袖も袴《はかま》もよれよれだが、白い襷《たすき》をかけて発する声だけは野太かった。

新八郎が人垣から覗いた時、ちょうど男は木箱に上がって、片手に刀を引き抜いて掲げ、一方の手には白い半紙を靡《なび》かせて、口上《こうじょう》も佳境に入ったところだった。

「さあてお立ち会い……手前、ここに取り出しましたのは陣中膏《じんちゆうこう》は四六のガマだ。ガマといっても手前のガマは、常陸《ひたち》の霊山筑波《つくば》山で獲れたガマだ。四六、五六はどこでわかるか。前足が四本、後ろ足が六本、これを名付けて蟇蟬躁《ひきせんそう》は四六のガマだ……」

目の前に囲む野次馬の一人一人の顔をとらえて言うところは、なかなか堂に入ったものである。

男はさらに声を張り上げ、

「さあてお立ち会い……このガマが流した油汗、何に効くかといいますと、切痔《きれじ》、いぼ痔、切り傷すり傷、なんにでも効く。嘘《うそ》のような本当の話、さあお立ち会い……これからが大事なところだ。手前取り出したるこの名刀、ご存じ正宗《まさむね》、これで試してごらんに入れる。ここにありますこの半紙が、一枚が二枚、二枚が四枚、切って切って吹雪《ふぶき》のごとく切れるといっても、この油、手前の腕にちょいとつければ、正宗の名刀とはいえこの刀、腕の上で押しても引いても、叩《たた》いても切れぬ。さあてお立ち会い……」

男は片手に持った半紙を切り始めた。

すると、どうだろう。取り巻いていた野次馬たちは、水がひいていくように四方に散っていなくなった。

口上を聞くのは面白いが、ああもこうもなく、怪しげな薬などいらぬというところだろう。

浪人は、塩をかけられたなめくじのように肩を落として木箱の上に腰を据《す》え、暮れていく空を仰いで溜め息をついた。

同じ浪人とはいえその姿には、他人事《ひとごと》ではないような親近感を覚えながら、新八郎は御開帳の行われている観音堂の方に足を向けた。

——ひょっとして……。

諦めたつもりだったが、また一縷《いちる》の望みが頭をもたげる。

新八郎は、人の流れの中に入った。

流れのままに移動して、御開帳の観音様を拝んだが、背後から押されて身動きもままならず、拝顔などとは程遠かった。仏の威光も有り難みも一向に湧《わ》きそうにもない。まして人を捜すなどとても出来るものではないと、いよいよ諦めたのであった。

新八郎が、観音堂から引き上げて来ると、あのガマの油売りの姿はもうそこには無かった。

——見切りをつけて引き上げたか。

苦笑して見渡すと、境内の外れにある欅《けやき》の下に、あの油売りがいた。しかも油売りは、地回りらしき男たち三人に囲まれて、平身低頭しているではないか。

——やっ。

新八郎は気になって足早に近づいた。

その耳に、油売りの哀れっぽい声が聞こえてきた。

「それでは約束が違うではないか。親分は五十文で良いと言ったぞ」

すると、腰にだんびらを提《さ》げた兄貴分らしき男が、油売りの耳に顔を近づけて脅《おど》しをかけた。

「これだけの人出だ、稼ぎもそれに応じる筈《はず》だぜ、旦那《だんな》。人出の数で仕切りも違ってくる、そんなこたあ、子供でもわかるぜ。さっ、売上を出してもらおう」

「まっ、待て……見ての通り、今日の稼ぎは散々だったのだ。これ以上とられたら巾着は空っぽだ」

「駄目《だめ》だね、旦那。稼げるものを己の不細工《ぶさいく》で稼げなかっただけじゃねえか。いちいち同情してたんじゃあ、こちとら、示しがつかねえんだ」

兄貴格の男は、裾を尻《しり》までまくり上げた。するとすかさず、弟分らしき男が油売りの顔を覗いて、

「大体、あんな身の入れ方じゃあ客がつく筈がねえ。見てみろよ、このガマを……こんな生きの悪い、死にかけのようなガマの油を誰が買うもんか」

いきなり、竹籠で眠っているガマを蹴《け》り飛ばした。

「何をする、止めてくれ」

ガマを庇《かば》って、はいつくばった浪人の尻を、今度はもう一人の弟分が蹴った。

浪人は、ガマとともにひっくりかえった。

「ひゃ、ひゃ……」

三人は、面白そうに笑った。

「おのれ……」

浪人は立ち上がるが、

「どうせ刀も、切れもしねえなまくら刀だ。わっちらにたて突いたらどうなるか、教えてやらあ」

兄貴格は言うが早いか、だんびらを引き抜いた。揃《そろ》って弟分たちも、懐《ふところ》から匕首《あいくち》を抜く。

「止《よ》せ……止めろ」

中腰になって、後ろに下がろうとする油売りに、

「うるせえ」

兄貴格の一撃が振り下ろされた。

「あっ……」

思わず受け止めた浪人の刀が、真っ二つに折れた。

「竹光《たけみつ》同然のおんぼろだぜ、正宗が聞いてあきれらあ」

兄貴格はにやりと笑うと、第二撃を力任せに振り下ろしてきた。

新八郎は飛び込むなり、その第二撃を鞘《さや》を持ち上げた鍔《つば》で受け、すかさず兄貴格の腕をつかんで、その刀を奪い取った。

「誰だ、手前《てめえ》は……しゃらくせえ」

飛びかかってきた弟分の匕首も、その刀で払い落とすと、もう一人の弟分の胸元に切っ先を突きつけた。

「これ以上の無理難題は、俺が許さぬ」

今度は青くなっている兄貴格をきっと見据えて、

「命だけは助けてやる。行け！」

だんぴらをほうり投げた。

「ひ、引け」

兄貴格は慌ててだんびらを拾い上げると、弟分と共に門の外に走り去った。

「いやあ、誠にすまぬ。おぬしのお陰で助かった。まずは一献《いっこん》、ささ、遠慮しないでやってくれ」

ガマの油売りの男は、門前町にある飲み屋に入ると、卑屈《ひくつ》なほどの愛想《あいそ》笑《わら》いを浮かべながら、新八郎の手に押しつけるように盃《さかずき》を持たせ、なみなみと酒を注《つ》いだ。

そうして自分の盃にも注ぎ入れると、

「いや、お恥ずかしい所を見られたが、訳《わけ》があって俺の刀は質に入れておる。この刀は質屋から借りたまがい物だ」

と悪びれもせず、折れた刀を指して笑った。

酒は好きだが、頭からそんな話を聞かされて、新八郎は口元までもって行ってい

た盃を止めた。

「遠慮しないでくれ。安酒を飲むくらいはある。いやいや、まずは俺の名を申そう。拙者《せっしゃ》は深川《ふかがわ》は海辺《うみべ》大工《だいく》町《ちょう》の裏店《うらだな》に住んでいる八雲多聞《やくもたもん》と申す。で、おぬしの名は？……命の恩人のおぬしの名を聞きたい」

八雲多聞という男、よほどの能天気なのか、先程恐ろしい目に遭《あ》ったことなど忘れているようだ。

「ふむ……俺は青柳新八郎だ」

「青柳新八郎か……いい名だ……で、どこに住んでいる」

「すぐ近くだ、元町だ。元町の裏店だ」

「そうか、おぬしも浪人でござったか。しかし、おぬしが浪人と知ってますます嬉しくなった。これからもよろしく頼む。浪人は相身互《あいみたが》いだ」

多聞は声を出して笑い、今度は急に真顔になって、自分には女房がいてガキが三人もいる。これが口を開けて待っておるからして、口入れ屋の仕事がない時には、ああしてガマの油を売っているのだと、泣き言とも愚痴《ぐち》ともつかぬ繰《く》り言《ごと》をいい、

そう言いながら、新八郎などは喉《のど》につまりそうな安酒をぐいぐいと飲んだ。

「ふむ……」

――俺もこうして人を待つばかりでは、もはや食ってはいけぬな。

新八郎は米櫃《こめびつ》の底を撫《な》でるようにして僅《わず》かに残っている米粒を拾い集めると、両手で掬《すく》って鍋《なべ》に入れた。

江戸の、この浄瑠璃《じょうるり》長屋と呼ばれる裏店に住まいして一年になる。

家の軒には『よろず相談承り』と書いた看板を出してはいるが、今までに転がりこんできた話といえば、老婆《ろうば》を医者に送り迎えする仕事とか、逃げた犬探しなどで、大した金になる話は一つも無かった。

何とかせねばと思うものの、これぱっかりは相手があることで、裏長屋の軒下《のきした》に看板を上げただけでは、人の目に触れるのも限りがあるというものだろう。

――まっ、雑炊《ぞうすい》にはなるだろう。

しかしこれを食せば、あの回向院で会った浪人のように芸も出来ない自分には、日傭《ひやとい》の仕事でも受けるしかあるまい。溜め息をつき、鍋をつかんで立ち上がると、

「旦那、今日からあっしは、商売替えを致しやしたので……」

突然戸口の障子《しょうじ》が開いたと思ったら、赤い頭巾《ずきん》に六寸ほどの唐辛子《とうがらし》を模した張り子を肩からぶらさげた男が顔を出した。浄瑠璃長屋の住人で、一年前まではすっぽんの仙蔵《せんぞう》と呼ばれていた巾着《きんちゃくき》切りだった男である。

「なんだお前のその格好は……」

思わず吹き出した新八郎に、

「へい、見ての通りの唐辛子売りで」

「はみがき売りはやめたのか」

「ちょいと変わった商いの方がおもしろいんじゃないかと思いやしてね。旦那のお陰で巾着切りを廃業したんでございやすから」

「しかし、はみがき売りの前はもぐさ売り、その前は蕎麦《そば》屋の出前持ち、もそっと落ち着ける商売があるんじゃないのか」

「旦那、あっしのことより、ご自分の心配をなすって下さいまし。それじゃあ」

仙蔵は、とんとんとんがらし……などと鼻歌を歌いながら出かけて行った。

――一昨夜の多聞といい仙蔵といい……。

新八郎は苦笑して土間に下りた。

その時である。

「ここだ、ここだ。おお、青柳殿、八雲多聞だ」

あのガマの油売りの八雲多聞の顔がぬっと現れた。

「おぬし、よくここがわかったな」

目を丸くして見迎えると、

「忘れたか、言ったであろう、浄瑠璃長屋に住んでいると」

「よく覚えていたな……」

新八郎は苦笑した。

「いや、そんなことより、おぬしに客を連れてきてやったぞ。この間の礼というわけではないが、俺が口入れの仕事を貰《もら》っている米沢町《よねざわ》の『大黒屋《だいこく》』で紹介して貰ったのだが、傭い主に話を聞いたところ少々俺には手に余る。そこでおぬしならばとその傭い主を案内してきたのだ……ちょっと待て」

多聞は後ろを振り返ると、むさ苦しいところだが入ってくれ、などと言い、大店《おおだな》の商人らしい男を招き入れた。

「呉服問屋の『紀の屋』の主《あるじ》だ」

多聞が紹介すると、

「紀の屋総兵衛《そうべえ》と申します。突然お訪ねしまして申しわけございません」

膝《ひざ》に手を置いて頭を下げた。

「しかし八雲殿、その大黒屋とかいう口入れ屋に黙って俺がかわって仕事を受けては、まずいのではないか」

「大事ない。大黒屋には仲介料を払えば文句はあるまい。もっとも一度大黒屋に出向いて貰って、向こうの帳簿におぬしの名を届けて貰わねばならぬが、まずこの紀の屋の話を聞いてやってくれ」

「ふむ。大黒屋と話がつくのなら、こちらはそれでも構わんが」

つい先程まで日傭の仕事でもと考えていたことなどおくびにも出さず、一応勿体《もったい》をつけて返事をした。

「それならば、大黒屋さんには私が事を分けてお話しします。十分にお礼もさせて頂きますからご懸念《けねん》なく。なにしろ手前どものお願いは、ヤットウの腕が立たなくては用を成しません。こちらの八雲様のお話では、青柳様はたいへんな腕をお持ちとお聞きしました。是非にも、お願いしたく存じます」

紀の屋総兵衛は、一刻を争うのだといわんばかりである。恰幅《かっぷく》はいいが、落ち着きがなく、頬《ほお》には陰が宿っていて、団子鼻もしなびて見えた。

「では、話を伺おうか」

新八郎は、夜具を枕屏風《びょうぶ》の後ろに押し込むと、二人を上に招き入れ、膝を揃えて座った総兵衛に聞いた。

「もうお察しかと存じますが、用心棒をお願いしたいと存じます」

「ふむ……」

「お手当ては一日一分《ぶ》、しかも泊まりで食事付きでございます」

「悪い話ではあるまい、四日で一両だ。しかも仕事次第では、別の手当てを用意してくれているというのだ」

側《そば》から多聞が言った。

「して、何からご亭主を守ればよいのだ。誰かに狙《ねら》われてでもいるのか」

「いいえ、私ではございません。おれんさんという巫女《みこ》占い師でございます」

「何……巫女占い師とな」

見返すと、また多聞が口を出した。

「おぬしも噂《うわさ》に聞いているのではないか。随分と当たるという評判で、近頃では客も順番待ちでたいへんらしい。しかも占いを頼むのは大身《たいしん》の武家や大店の主ばかり、見料も高いそうだが、一件占うのにも数日を要するという大仰《おおぎょう》な占いらしい」

するとと総兵衛が、その後を続けた。

「おれんさんは私どもの敷地内の離れに住んで頂いておりますが、数日前に故郷の紀州《きしゅう》から連れて参りました亀が盗まれまして……」

「亀……」

「はい、常々亀は離れの前の小さな池で飼っておりました。柵《さく》もしてありますから逃げられる筈がありません。盗まれたに相違ないのですが、実はその亀、おれんさんが占いの気力を頂いているものでございまして、亀がいなくなってからというもの、そりゃあもう、病身のように元気が無くなりまして……」

新八郎は話を聞いていて、いささか気が重くなった。

大金を巻き上げている占い師の話など、同情が湧くどころか反発心すら覚えるのである。

昔友人が易者の御託に惑《まど》わされて、自暴自棄になり酷《ひど》い目にあったことがある。それを思い出した。

それに、亀一匹盗まれたらしいというそんな話のどこに剣術が必要なのかと思ったのである。

不審な面持《おももち》ちで総兵衛を見返すと、

「亀を盗むだけでは足りず、今度は脅しの文《ふみ》を投げ入れたのでございます。文にはこう書いてございました『お前は世に仇《あだ》をなす者だ、死ね』と……」

「ほう……それは穏やかではないな」

「青柳殿、俺からも頼む。本来なら俺が用心棒を引き受けたいところだが、俺は紀の屋に終日へばりついているわけにはいかぬのだ。女房が風邪《かぜ》をこじらせて寝込んでいてな、そんなところへ占い師とはいえ若い女の用心棒を泊まり込みで引き受けるなどしては、女房に腕の一本、足の一本も折られかねぬ」

多聞は苦笑して頭を掻《か》くと、

「何、手に余れば昼間は代わってやってもいいぞ」

調子のいいことを言うが、要するに四六時中窮《きゅうくつ》屈な思いをするのは御免だということのようである。

「脅迫してきた輩《やから》の、見当はつかぬのか」

新八郎は、多聞に向けていた顔を総兵衛に向けた。

「わかりません。占いには不吉な相もあります。そんな時でもおれんさんは、けっして突き放したような物言いは致しません。きちんと善後策までお伝えする心配りをしてきております。おれんさんの占いで、逆恨《さかうら》みするようなお人はいない筈なんですが……」

「ふーむ」

「いかがでございましょう……おれんさんは、私にとっては恩のあるお人です。是非にもお願いしたく存じます」

　総兵衛は、新八郎の顔を窺《うかが》うようにして膝を寄せた。

二

　新八郎が総兵衛の後に従って日本橋南《にほんばしみなみ》数寄屋《すきや》町にある紀の屋に入ったのは、半刻《はんとき》ほど後のことだった。

　紀の屋は、敷地三百坪余もある大店で、賑《にぎ》わいをみせる店先から廊下《ろうか》を渡って奥に向かうと、白壁の蔵を垣根の向こうに配置した贅《ぜい》を尽くした庭があり、その庭に面して広い客間が二つ、その奥に小座敷があり、さらに廊下をくの字に渡した離れには広い座敷があった。

　その離れ座敷の前には漆塗《うるしぬ》りの鋲《びょう》打ち駕籠《かご》がひっそりと据えられていた。滅多《めった》にお目にかかることもない格式高い女駕籠で、陸尺《ろくしゃく》や供の女中が縁側で休息していた。

「本日は西の丸の大奥から御使者の方が参られているのです」

と、総兵衛は小座敷の前の廊下から、新八郎に向こうの座敷を見て言った。

離れ座敷の障子は閉められていて、中の様子は窺い知ることは出来ないが、それでも離れ座敷の表はよく見える。

「お客様がお帰りになった後で、おれんさんにはご紹介します。こちらの小座敷があなた様のお住まいとなりますので、それまでごゆっくりとお寛《くつろ》ぎ下さい」

総兵衛は、小座敷の中に新八郎を案内した。

「承知した。総兵衛、何はともあれ、塀《へい》の周りをざっと調べておきたいのだが、いいかな」

「はい、ぞんぶんにお調べ下さいませ。それと、すぐにお茶は運ばせますが、何か必要な物があれば、女中に遠慮なく申しつけて下さいませ」

総兵衛はそう言い置くと、ほっとした顔で出て行った。

――ふむ。とにもかくにも、これでしばらくの食い扶持《ぶち》はなんとかなりそうだ。

新八郎は部屋の中を見渡した。

小座敷とはいえ、六畳はある。違い棚《だな》もあり床《とこ》の間もあった。そこには、青竹の筒に赤い椿《つばき》が一枚、投げ入れてある。

畳《たたみ》も青く、浄瑠璃長屋のあのむさ苦しい住まいに比べると、用心棒というより客人の気分であった。なにしろ青畳の上に座るなど、久方振りである。

——さて……。

と向こうの離れ座敷の表に視線を投げると、廊下に女中がお茶を運んで来た。

「お梅《うめ》と申します。青柳様の御用は私がお受けいたしますので、よろしくお願いします」

まだ十七、八かと思えるお梅という女中は、浅黒い顔に黒い瞳《ひとみ》をくりくりさせて手をついた。

だがその時、離れ座敷の障子が開いて、きらびやかな打掛を着た奥女中が、裾を捌《さば》いて縁側に出てきて立った。

奥女中の顔には、不満の色がありありと見えた。奥女中の後ろから急いで出てきた女が手をついて深々と頭を下げ、

「大変申しわけございません。改めてお出まし下さいますよう」

腰を折って見送っている。

「やっぱりおれんさん、亀がいないと占いはだめみたい」

一連の様子を見ていたお梅が新八郎に言った。

「ふむ。あの人がおれんか」

新八郎の目は、半色《はしたいろ》の小袖の上に千早《ちはや》を着た、頭を下げているおれんという女の横顔をとらえていた。

細身の体で首は長く、廊下に跪《ひざまず》いた肩にも膝にも、どこか精気の抜けたようなはかなさが漂っていた。

おれんは、憤然として駕籠の人となった奥女中を見送ると、ふらふらと立ち上がって、転がり込むように部屋に入った。

「すみません、私、様子をみて参ります」

お梅は小走りして廊下を渡り、離れの部屋に飛び込んだ。

——女の部屋に突然俺が入って行くことも出来ぬな。

腕を組んで様子をみていると、お梅がまもなく小走りして戻って来た。

「大事はないのか」

「はい。占いを致しますと精根尽きるようでございます。横になってお休みになりました」

と言う。

「いつもそうなのか」

「はい。一つの占いをするのに三日ほど前から気をためなくてはならないようです」

「それには亀が必要だというのだな」

「はい。私にはよくはわかりませんが、亀の背中の照り映《ば》えで最後の決断を下すのだと聞いております。おれんさんを見ていると私、お気の毒な気がします」

お梅は顔を曇らせると、庭の一角にある亀を放っていたという小さな池に目を遣った。

主を失ったその池は、浮いた水藻《みずも》が動くこともなく、澱《よど》んでうつろな表情を見せていた。


「総兵衛、俺が調べたところでは、店先は別にして、屋敷の裏庭に忍び込もうとすれば、勝手口に通じる木戸門、蔵に品物を搬入する左手の塀の門、そうしてもう一つは、おれんの離れに通じる裏木戸と三つある。しかし、いずれも店を閉めると同時に勝手口の方は賄《まかな》いの女中が閉め、蔵の方と離れの方は手代《てだい》の佐吉《さきち》という者が閉めていると聞いた。離れの前の池に飼っていた亀を盗み出そうと思えば、いずれかの出入り口を利用していると考えねばなるまいが、亀の大きさはどれ程のものだったのだ」

新八郎は、総兵衛が注ぐ酒を盃に受けながら、燭台《しよくだい》の火に揺れる総兵衛の顔を見返した。

総兵衛は店を終《しま》うと、自ら新八郎の部屋に足を運んで来て、今夜は御膳《ごぜん》をご一緒させて下さいといってきたのだ。

二人の前には、総兵衛が運ばせた膳がある。

料理は向付《むこうづけ》がイカの細造《ほそづくり》にワサビ、焼き物はカレイの一夜干し、煮物は引上湯葉《ゆば》と若竹に山椒《さんしよう》の葉が添えてあった。

新八郎などは、滅多にお目にかかれぬ馳走《ちそう》であった。

総兵衛は、自身の盃にも酒を注ぐと、

「亀は、そうですな……背中の幅は一尺はあったと思います」

思い出す顔で言った。

「すると、懐に入れて塀を飛び越えるのは、難しいかもしれぬな」

「はい、結構な重さがございましたから……なにしろ、紀州くんだりから運んできたものですから、一年や二年飼育して大きくなったというものではございません。おれんさんが生まれた時から側にいた亀で、以来ずっと大切に飼ってきたものでございますから、かれこれ二十五年も一緒にいたのです」

総兵衛はそう言うと、

「いや、あなた様には、なぜ、私がおれんさんを江戸にお連れしてお世話しようと思ったのか、おれんさんとはどういう生い立ちの人なのか、ご参考のためにお話しておきたいと存じまして……」

盃の酒を一口飲むと、膳の上に置いて新八郎の顔を見た。

両手を膝に戻した総兵衛は、紀の屋は五年前までは、富沢町《とみざわ》で間口十間《けん》ほどの小売りの店を営んでいたのだと言った。

富沢町の周りには古着屋は多いが、呉服を扱う店がなく、うまい具合に客に恵まれ、千両ためたところで、卸《おろし》の仲間入りを果たせることとなった。

そこで総兵衛は、間口の広い、繁華な所に店を持とうと考えた。

出来れば日本橋から神田に抜ける大通りのいずこかに店を構えたいと考えて、いくつかの候補地をしかるべき人に挙げてもらったのだが、これといって決め兼ねていた。

そんな折、自分が出てきた故郷の紀州の海近くの村に、たいそう占いが良く当たるという評判の神懸かりの娘がいることを知った。

そこで総兵衛は、番頭の儀助《ぎすけ》を伴い、久し振りに故郷の土を踏んだ。儀助を連れて行ったのは、噂の娘のことだけではなく、新しい使用人を探して江戸に連れて帰るという仕事もあったのである。

江戸にある大店のほとんどは、故郷に使用人を求めていた。店を任せるには信用が第一である。他国の者より故郷が同じ者を傭うのは、商人の常だった。

紀州に入るとすぐに、番頭を人宿に行かせ、自分は評判の娘を訪ねていった。それがおれんだったのである。

総兵衛はおれんというその娘に、新しい店を開くに当たって、どの方角が吉なのかを聞いたのである。

「その時、おれんさんは、西南に求めれば店はきっと繁盛すると言ったのです。考えてもみなかったことでした」

総兵衛はいったん宿に帰って思案した。

――評判の娘とはいえ、会った限りではどこにでもいる普通の娘としか思えなかった。あの娘の言うことを信用してよいものか。

なにしろ、それまでに候補地としてあがっていた所は、どの商人も欲しがる立地の良いところである。

おれんがいう方角は、少々繁華なところとは距離があった。

煩悶《はんもん》していると、宿の女将《おかみ》が、

「おれんさんのいう通りになさった方がよろしいと存じますよし」

などと総兵衛の迷いを笑った。

その女将の話によれば、おれんは村外れの沼に捨てられていた赤子だったというのである。

その赤子の傍らには守り神のように一匹の亀が寄り添っていた。

おれんを拾った村の神社の神主《かんぬし》は、赤子の側にいる亀を見て、これは瑞兆《ずいちょう》だ。この子は生まれながらにして神に守られている子に違いないと、その子を育てることにしたというのだ。

はたして、その神主の思いは、おれんが五歳の頃に早くも現れた。

おれんは山に山菜採《と》りに行き、行方《ゆくえ》の知れなくなった村の老人の居場所を言い当て、次に庄屋の女房が落とした財布《さいふ》の有りかも言い当てた。

さらにある年のこと、地震に襲われた時、おれんは岬《みさき》に立って大波が来ると叫んだという。これを聞いた海岸沿いの村人が、飼っていた犬や猫や家ねずみが山に逃げるのを見て、おれんの言葉を信じて高台に登り、すんでのところで、大津波に呑《の》み込まれるのを免《まぬが》れたという出来事があった。

おれんが年端《としは》もいかぬまだ十歳の頃の話だが、それ以来、おれんは何かあるごとに村人に乞《こ》われて占いを行ってきたというのであった。

「嘘は申しません。私の言うことを信じていただいて……」

女将はそう言うと、総兵衛におれんが占ったその場所に店を開くよう勧めたのである。

総兵衛はそこまで話すと、新八郎と自分の盃に酒を注いで、話を継いだ。

「それで、こちらに店を構えることにしたのでございますよ。実際、初手《はな》から考えていた場所なら、このような店の広さは無理でございました。しかし、ここならば御覧のように店先も広く構えることができたのです。結果は一年で出たのでございます。考えていた以上に繁盛致しまして、私はもう一度紀州に参りまして、神主を説得し、おれんさんをお連れしたのでございます。いえ、決して、占いをさせてどうのこうのという気はございませんでした。おれんさんは捨て子でした。ですからこの江戸で楽しく暮らして頂いて、なんなら嫁《よめ》入り支度《じたく》もしてさしあげてと、私もいろいろと考えていたのでございます。ですが、噂とは恐ろしいものです。こちらに参りまして一年も経《た》たないうちに占って欲しいなどというお人が現れまして、結局、評判が評判を呼んで、とうとうこのような有様になったのでございます」

「ふーむ。しかし総兵衛、一人も、ただの一人もおれんの占いに不服をもたなかったとは信じられぬが……占いは当たるも八卦当たらぬも八卦というではないか」

「さあ……私は占いの行方を全部確かめたわけではございませんので、そう念を押されますと……」

総兵衛は不安な顔を、新八郎に向けてきた。

「まっ、それは明日、おれんに会って一つ一つ確かめてみるが、二度と屋敷に人の入らぬよう、店の者にも戸締まりに注意するように言いつけてくれ」

「承知しました」

総兵衛はそう言うと、懐から半紙に書かれた脅迫の文を出し、新八郎の膝前に置いた。

「青柳様に持って頂いていた方がよろしいかと存じますので……」

三

「ややあ、これはこれは……用心棒も板についたではないか」

八雲多聞は、三日も経たぬ夜五ツ（午後八時）過ぎに紀の屋の小座敷に現れた。

「ちと、気になってな……ふむ、それにしても結構なことだ。待遇は相当よさそうではないか」

部屋に入って来るなり、じろじろ辺りを眺《なが》めたあげく、

「晩酌《ばんしゃく》は出るのか」

新八郎の耳元に囁《ささや》いた。

「いや、俺のほうが断っている。夜も油断がならぬゆえ……」

「ということになると、俺の方が楽しみはあったな」

多聞はにやりとして、燭台の側に胡座《あぐら》をかいた。

「何をしていたのだ。ガマの油売りでもなかろう」

「まさか……もうあれは止めた。ここ二日は湯屋の番台に座っていた」

「何……」

「まあいいではないか。湯屋の亭主が箱根《はこね》に湯治にいったのでな。用心棒をかねて番台も見ていたという訳だ。ところがこれがまた……」

多聞はくすくす笑って、

「目の保養というか毒というか……しかし手当ては良かったが二日で首になった。それでこちらの様子を見に参ったのだ……いや、おぬしも一人では気の休まる暇もなかろうと思ったまでだ。なんなら昼間は俺が見張ってもいいぞ。お前は長屋に帰って昼寝をすればいい」

「有り難いが、しかしそれでは紀の屋がどう言うか」

実際、このふた晩で、寝不足になっていた。

おれんには紀の屋と食事を共にした翌日、つまり昨日の朝会ってはいるが、それもほんのひとときだった。

「おれんと申します。どうかよろしくお願い致します」

おれんは、長い睫《まつげ》を伏せて新八郎に挨拶《あいさつ》すると、また床《とこ》に伏せてしまったのである。

幾分元気になったようだが、透《す》き通るように白い肌《はだ》が、神懸かりといわれるおれんを一層際立たせていた。こんな所で閉じこもって占いばかりに日々を費やすのは勿体ないような女であった。

ただ、どこかに繊細《せんさい》で傷つきやすいところがある、新八郎でさえそう思うのに、遠慮会釈《えしゃく》のない多聞などが顔を出したら、それだけで怖《お》じ気《け》づくのではないかと、ちらと思った。

だが多聞は、そんなことに頓着《とんちゃく》する男ではない。

「青柳殿、紀の屋はこう言ったぞ。青柳様と相談して頂いて、二人でというのならばそれでもよし、私はおれんさんを守って下さるのなら、それでいいのですから、お手当てもそれぞれにお支払いいたします……とまあ、そういうことだ」

「そうか。ならばそうして貰おうか」

「よし決まった。では明日から参る」

多聞が膝を起こした時、新八郎の耳に、聞き慣れぬ音が聞こえてきた。

「しっ……」

新八郎は、廊下に飛び出した。

月明りの庭木の中に、黒い影が動くのが見えた。

影はたった今、塀から飛び下りて立ち上がったところだった。

足音を忍ばせて影は離れの座敷に歩み寄る。

「誰だ！」

言うが早いか、新八郎は裸足《はだし》のまま廊下から庭に飛び、離れの部屋の廊下にあがろうとした影に飛びついた。

二人は庭に、もつれ合って転がった。

だが、確かにつかんだと思った影の腕が、一瞬の隙《すき》をついてするりと新八郎の手を逃れると、影は起き上がりこぼしのように、ひょいと立ち上がり、一間ほど飛びのくと、懐からきらりと光る物を取り出した。

匕首だった。

影は、その俊敏な動きからまだ若い男だとわかった。

「誰です」

部屋の障子におれんの影が差した。

「危ないぞ、出るな」

新八郎はおれんに怒鳴って、

「八雲殿……」

多聞を呼びながら、離れ座敷を背にして立った。

多聞が離れの廊下に立ったのを見届けて、新八郎が男に向いた時、男はくるりと背を向けると植え込みの中に走り込み、匕首を口に銜《くわ》えて松の木の枝を両手でとらえると、ぶんっと反動をつけて塀に跳《と》び、そのまま塀の外の闇《やみ》に消えた。

「逃げたか」

多聞が叫んだ。

「身の軽い奴だ」

新八郎が裾を払って座敷の前庭まで引き返すと、すらりと戸が開いておれんが出てきた。

「やはり私に恨《うら》みを抱いている者の仕業《しわざ》でしょうか」

おれんは注連縄《しめなわ》を張った白木の祭壇の前で、消沈した顔を新八郎に向けた。

「夜陰をついて庭に忍び寄り、刃物を懐に忍ばせてそなたの部屋に入ろうとしたのだ。そなたの命を狙ってのことだ。怨恨《えんこん》を持ってのことと思われる」

新八郎は、おれんの後ろに見える、祭壇に供えられた供物《くもつ》や立ててある玉串《たまぐし》を、ちらりと見て言った。

「ただの物盗《ものと》りということは考えられんか」

多聞が言った。

「いや、迷わずまっすぐおれんの部屋を狙ってきたということは、この紀の屋の屋敷の中の、どこにおれんが住んでいるのか知っている者だ。ここを一度訪ねたことのある人間だ。訪ねて来ておれんに占って貰うことがかなわなくて恨みを抱いた者か、あるいは、占って貰ったが、意に沿わず、逆恨みをしている者か……」

「青柳様、青柳様のおっしゃる通りかもしれません。こんな大それた仕事をしているのですもの、恨んでいる人がいても不思議はありません」

おれんは、自分に言い聞かせるように言った。

「しかも高額の見料をとっているという評判だ。客は貧しい者ではなく金のある者たちばかり……」

新八郎は、少々険のある口調になった。

「おい……」

多聞が袖をそっと引いたが、新八郎は言葉を続けた。

「これは俺の国元での話だが、俺の友人に、町で酒を飲《た》んだ酔狂で軒先で占ってい た易者に手相を見て貰った男がいた。友人は武術にも長け、体も屈強な男だった。その男が易者から、あなたの命はあと一年ほどだと言われてな。男は間近に控《ひか》えていた祝言《しゅうげん》を止め、家に引き籠《こ》もって次第に自暴自棄になった。まもなく一年になろうかという時、友人はその時を待つ恐怖に耐えられず、街に出て大酒を食らい、些《さ》細《さい》なことで人を殺《あや》めてしまったのだ。相手の者にも言動に落ち度があったとされ、死罪にはならなかったが幽閉《ゆうへい》された。それからさらに半年を経て、友人は自害してしまったのだ。占いは事によっては、人を狂わす凶器となる」

「わかっております。人の心の綾《あや》に踏み入る行いです。いつも感謝されるとは限りません。占った人に悲運や不幸がありありと見えた時、こんな才を授けて下さった神様を恨めしく思います」

おれんは、深い溜め息をついた。

そして呟《つぶや》くように言ったのである。

「紀州に帰りたくなりました。お吉《きち》と一緒に……」

「お吉？……」

「亀の名前です。ずっとここまで姉妹のように私を支えてきてくれた亀に、幸せをくれた亀に、私はお吉と名前をつけておりました。お吉と一緒に私が捨てられていた沼に立って、もう一度自分の生き方を見つめ直してみたいのです」

「…………」

「なんだか物心つかぬうちから、身に余る重い物を背負いこまされてしまったような気がして……」

おれんはふっと恥ずかしそうな笑みを浮かべ、

「もっと身軽になって只《ただ》の紀州の田舎《いなか》娘になって勇吉《ゆうきち》さんと逢えたらどんなにいいだろうかって……」

「勇吉？」

「私のただひとりの幼馴染《おさななじみ》です。この江戸にいるんです」

恥ずかしそうに言い、目を伏せた。


「新八郎様、どうかなさったのですか。お食事、お気に召しませんか」

ふっと気づくと、八重《やえ》の心配そうな顔が覗いていた。

「いやなに、寝不足でぼうっとしていたのだ」

新八郎は、苦笑してみせた。

『吉野屋《よしの》』という奈良茶漬けの店のかた隅だった。

紀の屋に賊《ぞく》の侵入があってからというもの、風の音にも神経をとがらすといった有様で、昨晩もまんじりともしない夜を過ごしている。

だが多聞が現れたことで、今日からは夜は新八郎が、昼間は多聞が用心棒を務めることになった。

だから先程、多聞と交替してきたばかりだが、今日は二人でおれんを幼馴染の勇吉と会わせてやる手筈《てはず》になっている。

おれんはあの折、勇吉のことを幼馴染とだけ言ったが、新八郎はその言葉の奥に深い思慕があるのを直感した。

この娘にも人並みに人を恋《こ》う心があったのかと、新八郎は妙に安心したものである。

そこで新八郎は紀の屋に、おれんと勇吉を一度ゆっくり会わせてやったらどうか、それでおれんが元気を取り戻してくれるのなら良いではないかと話を持ちかけたところ、膝を打って承諾してくれたのである。

紀の屋の話では、勇吉は本石町《ほんこく》の生薬《きぐすり》屋『大和屋《やまと》』の手代だそうで、おれんが江戸に出てくる三年ほど前から大和屋に奉公しているらしい。

何度か紀の屋にも薬を届けてくれたことがあり、二人は再会を喜びあっていたというのだが、おれんが深い思慕を寄せていようなどとは、紀の屋は少しも気がつかなかったようだ。

ぜひにもお願いしますと紀の屋は言った。

その、勇吉と約束している刻限は昼の七ツ、まだ時間はあった。そこで新八郎は久しぶりに吉野屋に立ち寄ったのだが、ただ新八郎はもう一つ、昨夜多聞が引き上げて行った後に、おれんが言ったひとことが、ずっと胸の内に残っていた。

この店に入ってきてからも、そのことを考えていたのである。

「新八郎様、少しもお箸《はし》が進んでおりませんよ」

八重は、盆《ぼん》を膝に抱えるようにして、新八郎の膳の前に静かに座った。優しげな目がじっと新八郎を見ているし、形のよい唇《くちびる》は何か言いたげな気配である。

新八郎は苦笑した。新八郎がそうであるように、人を包み込むような八重の雰囲《ふんい》気《き》は、店に来る多くの客の心を癒《いや》しているのは間違いなかった。

興津《おきつ》八重……八重はもとは武家の妻だったということである。

その八重が、浄瑠璃長屋の住人となったのは、新八郎が長屋に入る少し前だと聞いている。

八重は、新八郎が住人となってまもなく、この柳原《やなぎはら》の同朋《どうぼう》町に新しく店を開いた奈良茶漬けの姉妹店『吉野屋』に通い勤めをするようになった。

長屋では隣同士の関係から、新八郎もたびたびこの店に茶漬けを食べに立ち寄っている。なにより八重は、店の余り物だといい、あれやこれやと運んでくれるのが、新八郎にとっては大いに助かっていた。

吉野屋は茶漬け屋とはいえ、小料理屋やめし処《どころ》で出すような、たいがいのお菜や料理も出すし、酒も飲ませる店である。

そんな店で、ひるむことなく立ち働く八重を見ていると、武家の妻だったというのが信じられない気もしてくる。

八重とは互いに身のうちを語り合ったこともないが、なぜか心の底にしまい込んであるものが、どこかで重なりあっているようなそんな錯覚を覚えるのであった。

人の知れないあやしを含んだ美貌《びぼう》の女……それが八重に対する新八郎の印象だった。

しかも気働きのきく八重は、店の女将にも頼りにされて、ほとんどの時間は帳場にいて、帳面をつけたり金の出し入れを受け持っている。

新八郎など親しい者が店に入ると、八重は出てきて世話を焼いてくれるのであった。

「いやなに、考え事をしていたまでだ」

新八郎は苦笑して、八重の黒々とした目を避けるように茶碗《ちゃわん》を取った。

急いで口の中に茶漬けを掻き込む。

「いかがですか。新しいお茶漬けです。干し鱈《だら》を軽く焼いてほぐしたものに浅草海《あさくさの》苔《り》をもみ入れて、それにわさびを添えてあります。そしてこちらが、女将さん手ずから漬けた香のもの、今日お茶漬けを召し上がるお客様には、昨日漬け込んだものをお出しする。今まではお漬物屋さんから仕入れたものばかりでしたが、これも結構美味《おい》しいでしょ」

八重はいちいち茶漬けの説明をした。

「うむ……うまい」

「良かったこと……熱いお茶、お持ちしますね。ゆっくりしていって下さい」

八重はそう言うと、立っていった。

八重自身も自分を語らないが、相手も詮索《せんさく》しない。それが新八郎にとっては有り難かった。

新八郎は、小女《こおんな》が入れ替えてくれた熱い茶をひと口飲むと、また思いに耽《ふけ》った。

あの時、おれんはこう言ったのである。

「青柳様、私はあなた様に初めてお会いした時に、あなた様が大切な失《う》せ物を探しておられる、咄嗟《とっさ》にそう思いました。あなた様さえよろしければ占ってさしあげたい気持ちがあったのですが、私にはもう占う気力はありません。でもあなた様がお探しの物、きっと見つかります。私はそう念じています」

おれんは、新八郎の背後の遠くにあるものを、見透かすように言ったのである。

驚いたのは新八郎だった。

初めて顔を合わせたに過ぎない女から、会うなり自分の秘密を見抜かれるなどと、考えても見なかった。

いきなりぐいと胸の内に踏み込まれたようで、新八郎は不意をつかれた。

その言葉は、破格の見料をとって占いをする戯言《ざれごと》などではなかった。

特に「あなた様がお探しの物、きっと見つかります……」の言葉は、新八郎の胸を突いた。

この時だけは、臆面《おくめん》もなく縋《すが》りたい衝動に駆《か》られたのであった。

その思いは、あれからずっと続いていた。

おれんが指摘した新八郎の失せ物とは……それは妻志野《しの》のことだった。

三年前、志野は突然家を出た。

何が原因で家を出たのか、新八郎には心当たりがあるようで、これといって決定的なものは思い当たらなかった。

何故だ。新八郎は志野が家を出て、初めて、二人で越してきた年月に思いを馳《は》せたのであった。

新八郎が志野を娶《めと》ったのは、二十三歳の時だった。

陸奥国《むつ》平山《ひらやま》藩五万石、御納戸《おなんど》役、禄《ろく》は七十石、城勤めの合間には城下の『島田道場』に通う日々を過ごしていた。

そして志野はというと、父の友人で、長い間定府であった狭山作左衛門《さやまさくざえもん》の養女だった。

作左衛門は平山藩に一時帰国した折に、新八郎にわが娘の志野を妻に貰ってくれないかと言ってきたのである。

その時志野は二十歳だった。

作左衛門の自慢の娘だけに、江戸で育った志野の動作はどこかたおやかで、鄙《ひな》には勿体ないなどと、同僚にひやかされたこともある。

ただ志野にとっては、姑《しゅうとめ》の新八郎の母も健在だったし、新八郎の弟の万之助《まんのすけ》もいた。最初から苦労は多かったのである。

やがて母が、志野は糠袋《ぬかぶくろ》に糠を入れ過ぎて贅沢《ぜいたく》だとか、御飯の炊《た》き方が下手《へた》だとか、ことあるごとに新八郎に愚痴を言うようになった。志野はひとことも姑への不満は漏《も》らさなかったが、志野の顔から笑顔が消えた。

初めのうちは、くすくすと声をたてて笑っていた志野が、だんだん笑うことが少ない女になっていった。

だが一子千太郎《せんたろう》が生まれると、志野の顔に笑顔がもどった。ところが、五歳になった千太郎が、友人と川遊びをしていて溺《おぼ》れて死んだ時、志野は窮地に立たされた。

志野は、新八郎の母から激しく責められたのである。

あれから、針の莚《むしろ》に座るような毎日を過ごしていたに違いない。

以来、志野は新八郎に背をむけて休むようになり、江戸にいる養親の作左衛門が亡くなったと知らせを受けた三年前、突然家を出たのである。

作左衛門は長い江戸暮らしの間に妻を失っていた。知り合いの子息を養子に迎えて跡をとらせていたが、志野はそこには行ってはいない。

母は、その跡取りに宛てて、志野の離縁状を送りつけ、新しい妻を迎えたらどうかと新八郎をけしかけたが、新八郎は一蹴《いっしゅう》した。

志野の失踪《しっそう》には謎があったからである。

姑の厳しさや子を失った悲しみとは別の、看過できない謎だった。

それというのも、志野が失踪する前日、見知らぬ商人が志野を訪ねてきているのである。隣家の内儀が教えてくれたのだが、その男は江戸言葉を使っていたという。

男は報告に来たのか誘いに来たのか、いずれにしても男が持ってきた話が志野を失踪に駆りたてたのではないかと新八郎は考える。

夫として見捨てておける筈がない。

やがて参勤交代から帰ってきた友人から、志野が江戸にいるのを見た者がいると聞いた。

そこで新八郎は、母が亡くなるや、国元に帰っていた藩主に願い出て、家督を弟の万之助に譲り、江戸に赴《おもむ》き、志野を捜し出そうと決めたのだった。

失ってはじめて、失ったものの大きさを思い知らされていた。それを取り戻す以上に大事なことが、己の人生にあるとは思えなかったのである。

あれから三年、志野はもはや新しい男と生活を共にしているのかも知れないという不安はあったが、志野とのことに決着をつけなければ、この先も、地に足をつけては生きられないと新八郎は考えている。

江戸に出てきて、浄瑠璃長屋に入り、糊口を凌ぐためによろず相談の看板をあげているのも、そういう事情だったのだ。

――それを……あのおれんは見抜いたというのか。

心穏やかではいられなかった。

だが、誰にも明かさなかった心の秘密を覗かれたという不快さよりも、それを言い当てた時のおれんの曇りのない目の色が、新八郎の胸を熱くしていた。

──おれんの苦しみを、なんとか取り除いてやりたい……。

単なる用心棒としてだけではなく、兄のような気持ちが新八郎に生まれていた。

新八郎はそこまで考えて、茶を飲み干した。

顔を上げて八重を捜すと、八重は帳場で女将となにやら話し込んでいた。

新八郎は、代金をそこに置いて、黙って外に出た。

四

おれんと勇吉の逢瀬《おうせ》は、一石橋《いっこく》の袂《たもと》の船宿で屋根舟を借り、日本橋川を下って隅《すみ》田《だ》川に出、御厩河岸《おんまやがし》で反転し、元の経路をたどって一石橋に戻ってくるという、舟の上だけのものとなった。

命を狙《ねら》う脅迫状も届いていたことから、大事をとって紀の屋が舟を手配したのである。

新八郎と多聞は、舟の舳《へ》先《さき》と艫《とも》に座って見守っていた。

舟の中からはおれんの弾んだ声が聞こえていた。

田舎での思い出話に興じているらしく、時折ころころ笑うおれんの声に、新八郎は驚き、安堵《あんど》した。

隅田川の往来は、川開きとなればたいへんな混みようだが、まだこの時節は、ゆったりとした気分にひたれる。

おれんは舟の中の再会だと聞いた時、浅草の今戸《いまど》まで行ってみたいと紀の屋に頼んだらしかった。

「あの辺りは、都鳥《みやこどり》がたくさんいると聞いています。まだ飛び去らずにいるかもしれません」

おれんは、紀州の海辺を思い出していたのだろう。

だが紀の屋は、

「もう飛び立っているでしょう。それに今戸まで行けば帰りが遅くなります。何かあってはこの私が困る」

そう言って、許しはしなかったと、出がけに新八郎に打ち明けた。

紀の屋が心配していた通り、一石橋に舟が戻って来たときには、もうとっぷりと日が暮れていた。

「さあ、おれんさん……」

勇吉は、船着き場で、おれんに手を差し出して舟から下ろした。

江戸に出てきて既《すで》に八年近くにもなる勇吉は、おれんへの扱いにもそつがなかった。舟に灯《とも》した提灯《ちょうちん》の明りに映える勇吉の顔は、目は細いが鼻筋の通ったなかなかの男ぶりである。

——おれんが心を寄せるのも無理はないな。

新八郎は二人のやりとりを見て心なごむ思いだった。

「さあ、遅くなっては紀の屋さんがご心配でしょう」

勇吉が懐から手ぬぐいを出して、船着き場に立ったおれんの着物の裾をさりげなく払ってやった。

埃《ほこり》でもついていたらしい。

その手ぬぐいに、何かは知らぬが、生薬の香りが染みているのも、日頃の仕事熱心さを見るようで好感が持てた。

勇吉は生薬屋大和屋の手代として、立派に務めを果たしているようだった。

「それじゃあ私はこれで……」

勇吉は、新八郎に頭を下げた。

「じゃあ俺もここで」

多聞もそう言うと、勇吉と肩を並べて帰って行った。

「少しは元気が出たようだな」

新八郎がおれんの横顔を見遣ったその時、目の端に何かが飛びこんできた。

新八郎は、河岸に引き上げてある舟の陰から、黒い影がおれんに突進してくるのを見た。

「死ね！」

黒い影は手に光るものをつかんでいた。匕首だった。

「あぶない！」

新八郎はおれんを庇って立ち、矢のように飛んできたその影の腕を、手刀で打った。

匕首は手から離れ、影は一間ほど飛んで落ちた。

新八郎は、すかさず影に飛びかかって、胸倉をつかんで引き起こした。その顔には覚えがあった。

「お前は……紀の屋に侵入してきたあの男だな」

「…………」

「何故、おれんの命を狙う」

「ふん……」

男は、あっちを向いて鼻で笑った。

「脅迫文を寄越《よこ》したのはお前だな」

「ちっ、てめえのやってることを思い知らせたかったんだよ、悪いのか」

「どういうことだ、言ってみろ」

新八郎は、男の胸をぐいと引き寄せると、心当たりがあるのかとおれんの顔を見た。

おれんは首を横に振った。

「仕方がない。番屋に連れていくか。立て、立つんだ」

力ずくで立たせたその時、

「お待ち下さい……」

屋根舟の提灯の灯《ひ》の輪の中に、若い娘が立っていた。

木綿《もめん》の着物を短く着た、若い娘だった。

「どうか与吉《よきち》兄さんを許して下さい」

「与吉というのか、この男は」

「はい。私、与吉兄さんまで失ってしまったら、もう生きてはいけません」

娘はそう言うと、男の側に走り寄った。

「馬鹿、馬鹿馬鹿」

娘は兄の胸を拳《こぶし》で激しく叩いて、

「与吉兄さん。こんなことじゃないかって、あたし、兄さんを尾《つ》けていたんです。ねえ、もう止めて、おとっつぁんだってどんなに悲しむか……二人でしっかり生きて行け、おとっつぁんはそう言ったでしょ。おとっつぁんの二の舞いをするんじゃねえぞって……兄妹力を合わせてやりなおしてくれって……おとっつぁんのためにも、恨み言はもう忘れてやり直しましょう……あたしを一人ぼっちにしないでよ、兄さん……」

泣き崩れた。

「お咲《さき》……」

男も声を詰まらせる。

「お咲と言ったな。話してくれ。そして、二度とこのようなことはしないと約束してくれたら、お前の兄を番屋に突き出したりはせぬぞ」

新八郎は腰を落として、お咲を覗いた。

「ありがとうございます」

お咲は小さな声で言い、涙を拭《ふ》くと、

「あたしたちのおとっつぁんは、半年前まで小梅村で鶏《にわとり》を飼って卵を八百屋さんや料理屋さんに卸していました。でも、おれんさんの占いで町方のお役人につかまって、死罪になってしまったんです」

恨みのこもった目で言った。

「何、おれんのせいで死罪とな……どういうことだ」

お咲は、きっとした目をおれんに投げると言葉を継いだ。

お咲の父伍平《ごへい》は、与吉とお咲に手伝わせて、小梅村に土地を借りて鶏を二百羽ほど飼っていた。

日本橋で八百屋を営む『相模屋《さがみや》』は、府内の八百屋の中でも大店で、相模屋に行けば無いものはないという程、品数も多かった。

卵も例外ではなく、しかも産みたての新鮮な卵しか扱わないというのが売り文句で、お咲の父伍平の卵を気にいってくれ、伍平は一日に百個は相模屋に卸していた。

鶏は二百羽が毎日卵を産むことはないが、それでも日に百五十個ほど産んだ。

だから伍平は、百個は相模屋に卸し、後の五十個ほどは他の店に卸していた。卵は小売りで一個が二十文もする高価なものである。

伍平の売上は結構な額になり、飼料代を差し引いても、親子三人豊かに暮らしていた。

お咲の母親は早くに亡くなっていたが、父親の伍平の話によると、病床の女房に卵も存分に食べさせてやれなかった悔しさから、鶏を飼うようになったという。

「それが、ある日、突然相模屋さんに出入り禁止を言い渡されたんです。それなら と、おとっつぁんは他の店を訪ねて行ったそうですが、どのお店からも断られて……卵は生き物です、野菜と一緒で日がたてば腐ってしまいます。突然なぜ相模屋さんに断られたのか、おとっつぁんは考えました。そして一つだけ思い当たることがあることに気づいたのです」

お咲は側にいる兄を労《いたわ》るようにして言った。

ある日伍平は、相模屋が設けた、小料理屋での仕入れ先の者たちを集めた宴席に加わっていた。ところがその小料理屋に、倅《せがれ》与吉の許嫁《いいなずけ》が勤めていた。仲居をしていたのである。

あろうことか相模屋は、その宴席で、倅の許嫁に「私の世話にならないかね」などと冗談とも本気ともつかぬことを言い、皆の前で露骨に言い寄ろうとしたのである。

伍平は黙っていられなくなって、みっともないことはおよしなさいましと注意をした。

座は白けて、相模屋は激怒し、伍平はその席を辞した。

その時の、満座の中での屈辱を、相模屋は根に持った。

その日以来、卵はただの一つも売れなくなったのである。

毎日たまっていく卵を前にして、ついに伍平の堪忍袋の緒が切れた。

伍平は、相模屋の幼い息子の忠吉《ただきち》をさらってきて、人里離れた小屋の中に監禁した。

相模屋を呼び出して、理不尽な仕打ちを問うつもりだったのだ。

だが、息子が神隠しにあったと思った相模屋は紀の屋に駆け込み、おれんの占いに縋ったのである。

はたしておれんが、忠吉の居場所をぴたりと言い当て、伍平は捕まり、なにもかも失って死罪となったのである。

「与吉兄さんはそのことで、おれんさんを憎みました。おれんさんさえ言い当てなかったなら、おとっつぁんは、死ぬことはなかったんだって、そう言って……」

お咲は言い、頭《こうべ》を垂れた。

「お咲さん……」

おれんは、よろめくようにしてお咲の側にしゃがみこんだ。

「ごめんなさい……私には、私にはあの時、あなたたちの顔など見えていなかった……泣いている子の顔以外には……私の占いなんて、それだけのものだったのですね」

おれんは呟くように言い、お咲の手を握った。お咲は拒むように手を引いたが、おれんの目が涙でうるんでいるのを見て、拒むのを止めた。

おれんは、お咲の手をにぎりしめたまま新八郎に言った。

「青柳様お願いです。ここでは何もなかった……与吉さんを番屋に連れて行くのはやめて下さい」

「それでいいのか」

「はい」

おれんは頷《うなず》いた。

新八郎は溜め息をつくと、与吉とお咲を交互に見て言った。

「お前たちも、このおれんの味わった苦しみはわかるまい。あんな脅しの文を送りつけ、大事な亀まで盗んで行ったんだからな」

お咲が言い、怪訝《けげん》な顔を与吉と見合わせた。

「亀……」

「青柳様、八雲様、こちらでございます」

おれんを一石橋の船着き場で襲った与吉とお咲兄妹から、亀のことなど全く知らないと言われてまもなく、また投げ文があったと紀の屋総兵衛は青い顔をして、新八郎と多聞の前に差し出した。

「ふむ……」

新八郎は、膝前に置かれた文を取って、素早く目を走らせた。

――亀を返して欲しければ、百両を広口の瓢箪に入れ、明日暮六ツの鐘《かね》がつき終わると同時に、一石橋の東側から川に落とせ――

文は要領よく手短にまとめて書いてあった。

先に与吉が書いてよこしたという手跡《しゆせき》とは明らかに違っていた。

紙はどこにでもある半紙だが、手にとった時に、どこかで嗅《か》いだ覚えのあるかすかな匂《にお》いがした。

「とんでもない野郎だ」

　多聞が横からつかみ取って読み、

「こんな話に屈することはないぞ、総兵衛」

　憤然として言った。

「そうでしょうか、私はいかがしたものかと……百両で確かに亀が帰ってくるのなら、それで結構なことでございますし」

　総兵衛は腹をくくったようだった。

「いやいや、百両などとんでもない話だ。瓢簞は用意するが、中に金は入れぬ。それでどうじゃ。必ず我らが捕まえてみせる」

　多聞は胸を張った。

「しかし、バレた時のことを考えますと、また、おれんさんの命が狙われてもと」

「私、百両なら持っています」

　小座敷の廊下におれんが立っていた。

　おれんは、離れの前にある小さな池を振り返って、

「実はあの池に壺《つぼ》が入れてございますが、その壺の中には百両余のお金が入っています。私、お金がたまったら、勇吉さんと所帯を持って田舎に帰ろうと考えておりました。それに、私を育ててくれた養父母にもお返しをしたいと……」

「勇吉とは、そんなところまで話が進んでいたのか。いや、これは驚いた」

多聞は苦笑した。

「今だからお話しますが、紀州で紀の屋さんのお誘いを受けて、一大決心をして江戸に参ったのも、勇吉さんが江戸で頑張っていると知っていたからです」

おれんは国では、なんどか勇吉と手紙のやりとりをしていたという。それを読むほどに、勇吉さんの近くに住むことができたなら、そんな思いに駆られていた時、紀の屋から江戸行きを勧められた。

「紀の屋さん、ごめんなさいね」

おれんは恥ずかしそうに謝った。

「私はいいのです。おれんさんに江戸を楽しんでほしいと考えていただけですから、しかし、勇吉さんとそんな話になっていたなら、なぜもっと早く教えてくれなかったのかね」

「すみません。勇吉さんに口止めされていたんです。まだ手代だから、所帯を持つなんて言ったら、大和屋さんを追い出されるって」

「しかし、そんな大切なお金を差し出しては、後で困るのではないか」

「いいえ、勇吉さんはきっとわかってくれると思います。勇吉さんも亀のお吉は大好きでした。田舎では神社の庭の池で飼っていたのですが、勇吉さんが遊びに来ると、亀のお吉の方から泳いで寄ってきていましたもの……勇吉さんは私が捨てられていた場所に、あの亀が一緒にいたという話は知っていますから……亀がいなくては私が一日も暮らせない人だと知っていますから……」

「おれんさん、お金は私が出しましょう」

総兵衛が言った。しかしおれんは、これ以上紀の屋さんにご迷惑はかけられないと言い、総兵衛の申し出を強く拒んだのである。

「わかった。おれんの言う通りにしよう」

多聞は池に入って、おれんが示す石の下から小さな壺を取り上げた。石は亀が甲羅干しをする石だと言う。

壺の中には、濡《ぬ》れた小判が百三十枚、十枚ずつ紐《ひも》をかけて入っていた。

「多聞、七ツまでには戻る」

新八郎は紀の屋を出ると、急いで浄瑠璃長屋に戻り、斜め向かいに住む仙蔵の家の戸を開けた。

仙蔵は、新しく始めた唐辛子売りに嫌気がさして、昨日は長屋でふて腐れて寝ていたのである。

案の定、今日もふとんに潜り込んで白河夜船と決め込んでいた。枕元には空になった酒徳利《どっくり》が転がっていた。

「おい、起きろ、仙蔵……仙蔵！」

説教かと思ったのか布団を頭まで被《かぶ》る仙蔵の頭上に、新八郎は大声を落とす。

「旦那、聞こえてますって、耳が潰《つぶ》れまさ」

仙蔵はふてくされた顔で起き上がり、布団で体をみのむしのように包んで座った。よくみると、下帯ひとつで裸んぼうだった。

「ふむ、お前は唐辛子売りを止めたと言っていたな」

「へい。ちっとばかり売れたところで、食っちゃいけねえってことがよくわかりやした」

仙蔵は部屋の隅にほうってある唐辛子売りの張り子をちらと見て言った。

「それなら尚更《なおさら》だ、酒を飲んで寝てる場合か」

「旦那……誰がって、あっしが一番情けなく思ってるんですから、勘弁して下さいよ。旦那に説教されて、二度と巾着切りに戻っちゃいけねえって、これでも頑張っているんですから」

「うむ……それはそうと、お前はいつだったか、猪牙舟《ちょき》を漕《こ》いだことがあると言っていたな。巾着切りを止めてすぐだったと思うが……」

「へい。吉原《よしわら》にでも行く客をつかまえて、たんまり祝儀《しゅうぎ》を貰おうって魂胆《こんたん》だったんですがね、これがどういう訳かケチな野郎にばっかり当たっちまって。向こうはいい女と楽しむために舟に乗るのに、こちとらおまんまのためかよと考えたらね、馬鹿馬鹿しくなって、それで止めたんでさ」

「お前の腕を借りたいのだが」

「えっ……旦那……おやすい御用で」

仙蔵は思わせ振りににやりと笑って、

「この腕はまだ鈍《なま》っちゃおりやせんからね、あっという間にすりとってみせまさ」

「勘違いするな、猪牙を漕ぐ腕だ」

「へっ……そうですか、猪牙を漕ぐ腕をね……ようがす。自信はありやせんがやってみます」

仙蔵は、頼りになりそうもない胸を叩いた。

五

黄昏《たそがれ》の一石橋に、六ツの鐘が鳴り始めた。

紀の屋と多聞は、ゆっくりと橋を渡って、東側に立った。

紀の屋の腕には、百両詰めた瓢簞がある。

一つ……二つ……予備の鐘は三つ、その後で本鐘の六ツが鳴る。

六ツを数え終えた紀の屋は、震える手で、瓢簞を川に投下した。

瓢簞は、いったん沈んだかに見えたが、ぽっかりと浮き上がって来た。

すると、橋の下に姿を隠していたのか、突然猪牙舟が現れて、船頭がひょいとその瓢簞を舟に上げると、かわりに麻袋を、河岸に投げた。

「亀だ」

多聞が橋の上から袂に、袂から河岸に駆け下りて、麻袋を拾い上げて、その口を開いた。

幅が一尺ほどの亀が、足をばたばたさせていた。

「総兵衛……」

遅れて小走りしてきた総兵衛に、多聞がほっとした顔をみせた。

「間違いありません、おれんさんの亀のお吉です」

総兵衛も胸をなでおろしたようだった。

その間に瓢箪を拾った舟は、すでに日本橋に向けて走っていた。

だがその舟の後ろに、ぴたりと尾いて走る柴《しば》舟があった。

柴舟は、ぎこちない動きながら、懸命に先の舟を追う。

船頭はあの仙蔵だった。

瓢箪を拾い上げた猪牙舟は、日本橋を過ぎ江戸橋を抜けると、舵《かじ》を北にとって西堀留川に入り、伊勢町堀に入って堀留の河岸に着けた。

船頭は瓢箪を抱えると、河岸に上がり、堀留の南にある稲荷《いなり》に駆け込んだ。

「旦那……」

「わかっている」

仙蔵が積み上げている柴の山に呼びかけた。

むくりと起き上がったのは、新八郎だった。

「ごくろうだったな、仙蔵」

「とんでもねえ、久し振りに緊張いたしやした」

新八郎は舟から上がると、男が駆け込んだ稲荷に入った。

既に日は落ちて、稲荷の境内にある提灯の明りの他は、淡い月明りがあるばかりで、新八郎は用心深く鳥居の陰に立ち、境内をうかがった。

人の影はなかった。

——逃げられたか……。

中に入ろうとした時、あの船頭が懐手に、肩を丸めて出てきたのである。

船頭は新八郎の前を通ると表の通りに出て、雲母《きらら》橋の袂にある飲み屋に入った。

新八郎も後を追って中に入った。

店の中を見渡すと、壁際に畳一枚幅の座敷が延びていて、通路を挟んで腰かけがあった。

あちらにひと固まり、こちらにひと固まりと、近くの河岸で働く男たちや、職人たちが固まりを作っていたが、まだ混むには早いのか、空《あ》いた座や椅子《いす》がずいぶんとあった。

船頭は奥の腰かけ椅子に、横顔をみせて座っていた。だが落ち着きがなかった。

新八郎はゆっくりと奥に進んで、船頭の横に座った。

「とっつぁん、早くしてくれ」

船頭は、せっつくように板場に言った。

「金は稲荷の中か」

新八郎は前を向いたまま、低い声で言った。

ぎょっとして船頭は立ちかけたが、自分の膝が新八郎に押さえ込まれたのを知り、狼狽《うろた》えた。

「はい。お銚子《ちょうし》一つね」

小女が酒を置いて向こうに行った。

「正直に言うんだ。言わぬと、この店を出たところで、斬《き》る」

「だ、旦那……」

船頭は震え上がった。

「ずっと舟で尾けてきたのだ。お前一人の仕業ではあるまい」

「…………」

「誰かに頼まれた……そうだな」

「だ、旦那、堪忍してくだせえ」

「言えぬようなら俺が言おう。お前は大和屋の手代、勇吉に頼まれたのではないか」

「旦那」

船頭は驚愕《きょうがく》した目を向けて来た。

新八郎は、懐からちらとあの脅迫状を見せ、

「これに染みついている匂いは、薬草の匂いだ。同じ匂いが大和屋の手代勇吉の手ぬぐいからも匂っていた。嘘をついてももう逃れられぬぞ」

「どうかご勘弁下さいませ。あっしは、おっかさんに人参《にんじん》を飲ませたくて、それで……」

「人参……どういうことだ」

「へい。十日ほど前に大和屋さんに人参を買いに行きました。ですがとても手がでねえ……がっかりして店を出たところで、手代のお一人にいい話があるが、それを引き受けてくれたら、人参をくれてやると、そう言われまして……それが勇吉さんだったのでございやす」

「すると亀を盗んだのもお前なのか」

「へい。勇吉さんが紀の屋さんに薬を届けたことがございました。ついでにおれんさんの部屋を訪ねたようですが、その時に、部屋を訪ねる前に裏木戸の閂《かんぬき》を開けてくれまして、それであっしが盗み出して、長屋で面倒をみていたのでございやす

……悪いこととは知りながら、しかし、あっしは病気のおっかさんに人参を飲ませてやりたかったのです。おれんさんという占い師には何の恨みもございません」

縋るように言った。

「それで……金はどこだ。稲荷の中か」

「祠《ほこら》の中です。そこに押し込んでおくようにと言われておりやす」

「勇吉はいつ取りに来るのだ」

この場所から本石町はすぐ目と鼻の先である。

「知りやせん。あっしの仕事はここまででございやすから」

船頭の話を聞き終えると、新八郎はすぐに外に出て、稲荷の祠に走った。

腕を差し込んでみると、手の先に瓢簞がひっかかった。

取り上げようとしたその時、入り口の鳥居あたりで人の気配がした。

新八郎は、慌てて祠の側の絵馬掛けの後ろに身を潜めた。

勇吉だった。

勇吉は、ゆっくりとした足取りで境内に入ってきた。辺りを見渡して、稲荷の祠に手を伸ばした。

そして、瓢簞を一気に引っ張りあげたのである。

「ふっ……」

思わず笑みを漏らす。してやったりの顔である。

だが次の瞬間、

「旦那……」

勇吉の顔が凍り付いた。

「探し物は見つかったようだな、勇吉」

提灯のほのかな明りに見える瓢箪を指した。

「そうですかい、わかっていたんですか」

勇吉は顔を歪《ゆが》めて小さく笑った。

油断のない顔で、左手に瓢箪を持ち、右手は懐に差し入れている。

「勇吉、どうしてこんなことをするんだ。こんな危ない真似《まね》をせずとも、おれんはお前との新しい生活のためにあの金を使うのだと言っていたぞ……お前も聞いているのではないのか」

「旦那、そういうわけにはいきませんので」

「何」

「こうなったら申しやすが、わたしは田舎に帰るなんぞまっぴらでございますよ。

それに、おれんと所帯を持つなど御免被りたい話で……」

「……」

「あんな神の申し子なんて女と一緒に過ごすなんて薄気味悪くて……そうは思いませんか」

「お前は今なんと言った。おれんが薄気味が悪いだと……確かにおれんは占いはするが、ただの娘だ。お前だって先頃舟で会って、わかっているではないか」

「まさか……わたしはね、旦那……なんとかして、おれんから金を巻き上げられないものかと、そう思ったんでございますよ。ところがおれんは、溜めた金は一緒に田舎に帰る時まで楽しみにしてくれなどと間の抜けたことをいう。わたしは急いでいるんです」

「何を急ぐのだ」

「わたしには好いた女がいるんですよ。その女を身請《みう》けするために、金がいるんです」

「勇吉、お前という奴は……おれんはな、お前に会いたいがために、紀の屋と江戸に出て来る気になったのだ」

「どう言われてもこればっかりは……旦那、そういうことですから、どうかそこを退いてください。どうせ、いいかげんな御託を並べて手にした金だ」

「勇吉……」

「退け！」

勇吉が懐から匕首を引き抜いた。

「わたしは命をかけているんだ」

勇吉は瓢簞を抱えてちらっと出口を窺うが、その目がやがて驚愕の色に変わった。

「勇吉さん……」

月明りに、幻のようにおれんが立っていた。

「青柳様……私、本当は気づいていたんです。気づいていたけど信じたくなかったんです。人を占う私が、自分のことを占うのは恐ろしくて……でも、これはどうしても確かめなければ、私そう思いなおして、紀の屋を抜け出して、大和屋さんのお店の前から勇吉さんを尾けてきたんです……悪い夢であってほしい……そう願いながら尾けてきたんです……それがまさか……」

おれんは、泣き崩れた。

「おれん」

新八郎がおれんに駆け寄った時、その隙をついて勇吉が二人の側を走り抜けた。

「勇吉」

間一髪、新八郎は勇吉の襟首《えりくび》をつかむと、足をかけて引き倒した。

「うっ……」

勇吉はしたたかに腰を打ってあお向けに落ちた。

瓢簞がふっとんで、近くで重たい音を立てた。

その音めがけて勇吉は這《は》って行く。金の虜《とりこ》となった浅ましい姿であった。

「お前という奴は……」

新八郎が勇吉に歩みよろうとしたその時、

「いいのです、青柳様……そのお金、勇吉さんにあげて下さい。幼い頃に、占いをする子なんて気味悪いって友達に苛《いじ》められた時、勇吉さん一人が庇ってくれました。勇吉さんがいてくれたから私は寂しくなかったんです。それをいつの頃からか、私が勘違いして……」

おれんは言い、袖で顔を覆うと、走り去った。

「くっ……」

薄明りの中に、這いつくばったたまま、勇吉が無念の声を上げた。

「おれん、いよいよ紀州に帰るのか」

新八郎が紀の屋の離れを訪ねた時、部屋には梱包《こんぽう》された荷物が置かれ、飾ってあった祭壇は綺麗《きれい》に取り払われていた。

「青柳様にはいろいろとお世話になりました。ありがとうございました」

おれんは、小娘のような恥じらいを見せて手をついた。

「亀のお吉はどうするのだ」

「お吉も荷物と一緒に送って下さるようですから」

「そうか、それは良かった。いや、他でもない。実はお前に伝言があってな」

「伝言……なんでしょうか」

「ふむ……これだ」

新八郎は懐から手ぬぐいで包んだ物を出した。

「金だ。あの百両だ」

「……………」

「勇吉もさすがに黙ってこれを懐にする程の悪人ではなかったようだ」

「……………」

「勇吉は言っていたぞ。自分がどんなに卑屈な男に成り果ててしまったのか、それが良くわかったとな。おれんを想う気持ちに偽りはなかったのに、自分は手代、そしてお前は……大きな隔たりを感じていた、自分の手の届かぬ人となったとな……。そう言って己に愛想をつかしていたぞ」

「青柳様……」

おれんはそう言ったきり言葉をつまらせた。新八郎は、目のやり場を失って、

「しかし、いい天気だな」

腕を伸ばして庭に下りた。

池を覗くと、亀のお吉が近づいて来た。のんびりとした水中の歩みだった。

新八郎が苦笑して、その甲羅に手を差し延べた時、

「青柳様、私も青柳様にお伝えしたいことがございます」

後ろにおれんが立っていた。

「こちらへ……」

おれんは新八郎を池のほとりにある庭石に座らせると、身内にわき起こる気を鎮めるように、しばらく瞑想《めいそう》していたが、

「私の最後の占いです。青柳様、あなた様の懐にある物を出して下さい」

と言った。

「懐のもの……これか」

新八郎は、使い古した財布を出した。

「これはお内儀が手ずからお作りになったもの……そしてあなた様がお探しのものとは、お内儀でございましょう」

「おれん……」

新八郎は、驚愕しておれんを見た。

確かにおれんの言う通り、財布は妻が失踪する前に縫《ぬ》い、刺繍《ししゅう》を施《ほどこ》していた物である。夫婦鴨《めおとがも》が水の上を滑る図柄だが、刺繍は中断されていた。まだ不完全だったのである。

志野は、この財布を刺繍している時に突然失踪したのだった。

今となっては、いわば新八郎の手元に残っている唯一の形見《かたみ》のような物だったが、それをおれんに言い当てられて狼狽《ろうばい》した。

驚いて見返した新八郎に、おれんは言った。

「奥様はこの江戸に生きておいでです」

「まことか」

「はい……」

新八郎の胸に、妻の志野との生活が、走馬灯のように駆け抜けた。

「そうか……生きておるのか」

――生きてどの辺りに住み、どんな暮らしをしているのか……。

新八郎は、恐れを抱きながらおれんを見返した。だがおれんは、

「必ず再会できる筈です。必ず……」

そう言って頷いてみせた。

おれんの言葉は、暗闇の中で手探りをしていた新八郎には、一条《ひとすじ》の光に思えた。

第二話　弦月

一

境内《けいだい》にある梅の木は、青葉が隆々として茂っていた。

陽は高く眩《まぶ》しい陽気だというのに、湯島の天満宮の境内には、参拝客が切れることはなく、そぞろ散策を楽しみながら本殿に手を合わせ、境内にある稲荷《いなり》を回って、喉《のど》が渇いたところで掛け茶屋で一服している人の姿が目についた。

青柳新八郎《あおやぎしんぱちろう》も拝殿に手を合わせた後、喉の渇きを覚えたが、茶屋には入らず手水所《ちょうずどころ》に足を向けた。

先程拝殿に向かう前に一度手と口を清めている。

その時の、ひんやりとした清冽《せいれつ》な感触がまだ手に残っている。

石畳の上で武家の娘数人と擦れ違った。

みんな涼しげな衣装をまとった可愛らしい娘たちで、何が面白いのかくすくす笑い合って本殿に向かって行った。

いずれの娘たちも、未来に幸せが無限に広がっているように見えた。

——志野《しの》も、娘の頃あのように、将来を夢見てこのお宮に参っていたのだろうか……。

ふとそんなことを考えながら清水を汲《く》み、口に含んでその冷たさに触れた途端、新八郎は、胸を締めつけられるような思いにとらわれた。

きっとこの手水所で、志野も口を清めたことがあるに違いない……そう思ったのである。

志野というのは新八郎の妻のこと、三年前にふいに家を出たまま行き方《ゆかた》知れずになっている。

当時新八郎は陸奥《むつ》国平山《ひらやま》藩五万石の御納戸《おなんど》役だった。

書き付け一枚残さずに消息を絶った妻に何があったのか、新八郎はそれをつきとめる為に家督を弟の万之助《まんのすけ》に譲り、江戸に出て来た。

浪人暮らしをしながら、よろず相談の看板を裏長屋の軒にかけて糊口《ここう》を凌《しの》いでいるが、時折、思い出したようにこの神社にやって来る。

それというのも、亡くなった志野の養父、狭山作左衛門《さやまさくざえもん》はこの江戸でずっと定府の勤めをして一生を終えた人である。

藩邸の上屋敷はこの宮の近くの下谷にあり、作左衛門は藩邸が手狭なために、外に家を借りて住んでいたが、その家屋も長者町一丁目で御徒町《おかちまち》の側《そば》だから、ここから目と鼻の先だった。

湯島天神は妻の志野にとっては、気軽に立ち寄れる身近な神社で、よくお参りをしていたと聞いていたからである。

失踪《しっそう》した妻が訪れていた神社に立つというのは、懐かしくもあり切なくもあるものだ。

新八郎は、喉元につきあげて来るものを、押し戻すように口の中の水を飲み込んだ。胸に痛みが走った。

懐から手布を出して水に浸し、額《ひたい》に滲《にじ》んでいた汗と首を拭《ふ》いた。

それで、ふいをつかれた感傷から脱したようだった。

「あっ」

その時、新八郎の横で手水を使っていた女が、そこにしゃがみこんだ。

「いかがなされた」

新八郎は、女の白い襟足《えりあし》に問いかけた。

町家の中年の女と思われたが、藍《あい》色の絽《ろ》の着物を着けた柔らかい肩の線も、膝《ひざ》を折った腿《もも》の線も、やけになまめかしい女である。

「もう大事ありまへん。立ちくらみがいたしまして」

女はゆっくりと立ち上がって、新八郎を見た。

発した言葉から、京のひとかと思われた。

細面《ほそおもて》に目元の優しげな女だった。

化粧が少々濃いように思われたが、紅の色も艶《つや》やかで中年の色気が匂い立つような女である。

「歩けるかな」

「そこの茶屋で一服して帰ります。お気遣いありがとうございます」

しなやかに腰を折る。

しかし、眩しい陽炎《かげろう》のもとで、女の顔は血の気《け》を失ってみえた。

「ならば、この包みは茶屋まで持って行ってしんぜよう」

新八郎は、女の足元に落ちていた風呂敷包みを取った。

「いえ、お武家様にそのようなこと」

「遠慮はするな。この陽差しだ」

新八郎は、空をちらりと見上げて言った。

「申し訳ありまへん」

女はまた、腰を折った。

境内の掛け茶屋までさほどの距離ではない。

その僅《わず》かな距離を歩く間に、女は自分は通油町《とおりあぶらちょう》で筆屋を開いている『嵯峨屋《さが》』のおすがという者だと名乗った。

「ほう、筆屋でござるか、それで天神さんに願掛けをな」

「へえ、それもおますけど、他にもお願いごとがございまして……ゆかりのあるお人が、この天神さんのことを教えてくれはりまして、なんや懐かしい気が致しまして参っております。お武家様も、たびたびこちらに?」

女はうっすらと額に浮いた汗を袖《そで》でそっと押さえた。

「思い出したように参っている。まっ、お内儀もこれからは涼しい日を選んで参られよ」

新八郎は、女を茶屋まで送り届けると、湯島天神を後にした。

――ゆかりのある人に教えられて天神参りとは……。

口には出さなかったが、新八郎はおすがという女のゆかりの人とは、いったいどのような人物なのかと興味をそそられた。

また新八郎の脳裏に失踪した妻のことが浮かんでは消えた。

志野の養父狭山作左衛門は、新八郎の父と友人だった。

それで新八郎と志野は夫婦になったのだが、作左衛門には男子が無く、養子をもらって跡をとらせて亡くなっている。

その養子殿の代になってから住居は藩邸の中となっていて、新八郎は江戸に出て来た時、一度その養子殿に会っている。

だが、その養子殿とはそもそもが国元と江戸とかけ離れた暮らしでは面識もなかったからか、志野のことを尋ねても、父からは姉については何も手がかりになるような話は聞いていないなどと素気《そっけ》ない返事だけで、頼りにはなりそうもなかったのである。

志野が天満宮にたびたびお参りしていたという話は、志野自身の口から新八郎が聞いていたことである。

この江戸に、生きて志野がいるのなら、きっとこの天満宮にやってくるに違いない。

そうは思うものの、ここに通い詰めて朝から晩まで見張っているという訳にはいかない。

——万が一ということもある。

そんな一縷《いちる》の望みを抱いて時折こうして足を運ぶのだが、なんとも頼りない話であった。

——せめて昔、志野が狭山家にいた時に居た使用人の一人でもいれば何か手がかりはつかめるかも知れぬ。

ところが養子殿は、自分が狭山家を継ぐや、その者たちには暇をとらせ、皆散り散りになっている。所在さえ知らないという。話を聞きたくても昔を知っている者は誰もいないのであった。

もっとも、作左衛門は勘定方の組頭まで務めた人で、家禄《かろく》八十石に定府の手当てと組頭としての足高《たしだか》を含め百五十石賜っていたらしいが、養子殿はまだ平役で家禄と定府の手当てのみだから、その高は百石、この物価の高い江戸では使用人を置いて町家を借りるほどの身分ではないということらしい。

それにしても、昔の奉公人の所在を一人ぐらいは知っていてもおかしくはないものを……。

新八郎は、志野の義弟にあたるその養子殿に腹立ちを覚えるのだった。

しかしその腹立ちも、こうしてこの天満宮の境内に立つと、忘れることが出来た。

たとえ志野に出会えなくとも、志野の面影を身近に感じ取れるこの場所が、新八郎にとってはなによりの救いだった。

ここに来て、ただ漫然と過ぎ行く浪人生活に流されぬよう自分自身に誓いでも立てない限り、無謀にも、見知らぬ荒野に立ち向かっているような空《むな》しさから解き放たれることはなかったのだ。

「何だその屁《へ》っぴり腰は……腰が引けては剣はできぬ。気合いを入れてかかって来い」

八《や》雲《くも》多《た》聞《もん》の野太い声が、竹刀《しない》をはじき飛ばされ尻餅《しりもち》をついた青年の頭上に落ちた。

青年は町人だった。

色白く細身の体が、遠くから見るとなよとして、髷《まげ》を結い、男の着物をつけていなければ、女と見紛《みまが》いそうである。

多聞の叱咤《しった》に、青年はおそるおそる、飛ばされていた竹刀をつかむと立ち上がった。

——多聞のやつ、張り切るのはいいが、もそっと手加減は出来ないのか。

新八郎は道場の片隅に座して腕を組み、二人のなりゆきをじっと見つめた。

二人が構えて立った向こうには、他の門弟たちが声を張り上げて打ち合っていた。踏み込む足が床を蹴《け》る音も、張り上げる声も、たいへんな熱気を帯びて新八郎の耳目に届いていたが、多聞とその若者のところだけは、それとは違った緊張した空気に包まれていた。

場所は平永《ひらなが》町の『曾根《そね》道場』の稽古《けいこ》場である。

多聞というのは新八郎の浪人仲間でもあり、仕事仲間でもあった。

その多聞が、口入れ屋『大黒屋《だいこく》』から道場の初心者向けの代稽古の仕事を貰《もら》ったと聞いていたから、新八郎は湯島の帰りに立ち寄ってみたのである。

ところが、今日の多聞はあのいい加減な日常からは考えられないような身の入れよう。

若い町人は、目を見開いたかと思ったら、しゃにむに、

「やー!」

多聞に打ちかかった。

竹刀の打ち合う音が二、三回続いたと思ったら、多聞が腹に力を入れてはじいた町人の竹刀はまた勢いよく飛んで、隙《すき》を与えず多聞の竹刀が町人の胴を打った。

町人はよろけて、座っている新八郎の膝元に転がるように避難して来た。

「貴様……」

多聞は竹刀をぶらさげたまま、大股《おおまた》でつかつかとやって来ると、震えている若い町人の襟をぐいと引っ張って、その顔を自分の方に向けさせた。

町人は怯《おび》えた目で、多聞を睨《にら》んでいる。

「おい、それぐらいにしてやれ」

新八郎は腕を解いて、仁王のように立つ多聞に言った。

回向院《えこういん》で多聞と知り合って二か月が経《た》っているが、今や二人は名を呼び捨てにし合うほどの親密な仲になっていた。

浪人どうしというのもさることながら、新八郎は多聞のおっちょこちょいだが、憎めない性格が好きだった。

多聞にしても、新八郎とは馬が合うらしく、今では肝胆相照《かんたんあいて》らす仲だといっていい。

だが今日の多聞は、いささかこれまでの多聞とは違って見えた。

背筋を伸ばして容赦《ようしゃ》なく若者を打ち据える多聞には、どこかに置き忘れてきた武士の片鱗《へんりん》が見える。

「新八郎、黙っててくれ。厳しい稽古はこやつの望みだ」

多聞は町人を見据えたまま新八郎を制し、

「竹刀を取れ。早く」

町人に怒鳴った。

「せ、先生、私には剣術は不向きだと良くわかりました。どうか、お許しを」

町人は逃げ出した。その背に、

「この腰抜けめ」

多聞の竹刀が振り下ろされた。

竹刀は町人の肩で鈍い音を立てた。

「わっ」

町人は叫ぶと同時に、つんのめって腹這《はらば》いにぱたりと倒れると、声を上げて泣き出した。

「まったく、情けない奴だ」

半刻後、多聞は八重《やえ》が茶を置いて引き下がると、腹立たしげに言った。

柳原の奈良茶漬け『吉野屋《よしの》』は相変わらず混雑していたが、八重は新八郎を見つけると、小女《こおんな》の盆《ぼん》をひきとって自身が茶を出してくれ、連れていった多聞とも挨拶《あいさつ》を交わすと、注文を聞いて奥に引っ込んだ。

「おぬしのいい人か」

などと、多聞は八重の背を見送ったが、

「いや、同じ長屋の者だ」

新八郎がさらりと答えると、すぐに憤然として、またあの門弟の話を始めたのであった。

「まあそう言うな。あの男は入門して間がないのではないか、竹刀の握り方もまだ心得てはいないようだったが」

新八郎は、小女が運んで来た銚子《ちょうし》を取ると、多聞の盃《さかずき》に注ぎながら言った。

「いや、もうふた月にはなるそうだが、稽古をつけてみてわかった。あの男はからきし駄目だ。痛い目にあわぬうちに剣術の稽古など止めた方がいいと言ってやったのだが、困ったものだ」

「何か思うところがあるのか」

「さあ……諸色問屋『岩田屋《いわた》』の跡取り息子だと聞いたが、道場でも気をつかって俺を雇ったくらいだから、親馬鹿が息子を道場におしつけるために相当の金を納めたんじゃないのか」

「だったらおぬし、あの男に道場を辞められたら困るんじゃないのか」

「まあ、それはそうだが……」

多聞は渋い顔をした。

二

「おい、新八郎、思った通りの大きな商人だな、岩田屋は」

多聞は、座敷に座るなり辺りを見渡し、暑さを凌ぐために部屋の襖《ふすま》や障子《しょうじ》をすべて簾《すだれ》障子に代えて、涼をとっている諸色問屋岩田屋の贅《ぜい》に目を丸くした。

廊下側の簾障子を開けた向こうには、緑の庭が広がっていて、涼風を運んで来る。

「しかし、いったい何の用だ、お前ばかりではなく、この俺にも用があるとは」

「今日の話は俺ではないぞ。新八郎、お前にだ。俺は付き添いで来たのだ」

「ますますわからぬな」

新八郎が首を傾《かし》げた時、廊下を渡って来る足音がして、

「これはどうも、手前が岩田屋の主《あるじ》で伊兵衛《いへえ》と申します。そしてこちらが、もうご存じだと存じますが、倅の与一郎《よいちろう》でございます」

岩田屋伊兵衛は、恰幅《かっぷく》のよい体を折って頭を下げた。

「青柳新八郎と申す」

「はい。存じております。倅が八雲先生からお聞きしたようでございますが、本日お出で頂きましたのは、是非にもお力添え頂けないものかと……」

「はて、俺もよろず屋の看板を上げている手前、たいがいのことは引き受けられるが、事と次第によっては出来ぬこともある」

「実を申しますと、倅が曾根道場に通うようになりましたのには、訳がございます」

伊兵衛は言い、新八郎をちらと見た。

――ははん、そのことか。

新八郎が見返すと、

「与一郎、子供じゃあるまいし、お前から説明しなさい」

岩田屋伊兵衛は、側に膝をそろえて座す与一郎に言った。

「青柳様、わたしはお客様を待たせておりますから失礼しますが、話はこの倅からお聞き下さいませ。倅の願いはわたしの願い、そう思ってお聞き願いたいと存じます。あっ、そうそう、お引き受け頂くのならば仕事料は五両、事が成功すればもう五両、合わせて十両をお渡しするつもりです」

とこともなげに言う。

「何、合わせて十両」

びっくりして聞き返したのは、むろん多聞だった。

「はい。私の母が死に、女房にも死なれまして、残されたのは私とこの与一郎だけでございます。与一郎にはこの身代を継いで貰って、岩田屋の暖簾《のれん》を守り続けて貰わなければなりません。そのためには、与一郎に心残りがあってはなりません。なにもかもすぱっと晴れ晴れとしたところで、跡継ぎとして披露もし、商いのことも教えるつもりです。与一郎はたった一人の家族、親馬鹿と言われようと何と言われようと、この子に悔いの残らぬようにしてやりたいのでございます」

伊兵衛は言い、腰を上げた。

「それじゃあね、しっかりお願いしてみなさい」

俯《うつむ》いている与一郎に念を押すと、伊兵衛は店の方に行ってしまった。

「なんだ、頼みごとというのは、お前のことだったのか」

多聞が憮然《ぶぜん》として言い、与一郎をじろりと見た。

「申し訳ありません。八雲先生に私からお話してもよろしかったのですが、叱《しか》られそうで……」

与一郎は膝頭を合わせて、もじもじしながら、上目遣いで多聞を見た。

「まったく、その年になって女のように軟弱な奴だな、お前は」

「まあ、良い。話してみなさい」

新八郎は多聞を制して、与一郎に顔を向けた。

「はい……あの、叱らないとお約束願えませんでしょうか」

「いいから、話を聞かぬうちには何とも返事のしようがないではないか」

「話は長くなりますが……」

与一郎は、思い詰めた顔で膝を正した。

半年前のことだった。通油町に友人たちと浮世絵を買いに行った折、浮世絵に描かれている女に負けず劣らずの女がすぐ近くの店にいると聞き、大挙して覗《のぞ》きに行った。

その娘というのが、筆屋の看板娘でおりんだった。

店は、押すな押すなの大盛況で、客は九割方男であった。

与一郎たちも並んで順番を待ち、筆一本を購入したが、看板娘のおりんは、客に筆を渡す時に、穂先を口に含んで整えてから渡す。

それが男たちにはたまらない魅力なのである。

与一郎も、一度見ただけで、おりんの虜《とりこ》となったのである。

「それから、毎日、日に一度は顔をみなくては落ち着かなくて、筆もこの半年で素《そう》麺《めん》箱にふた箱も買ってしまいました。でもこんなことをしているうちに、ある日突然、誰かにさらわれるようにして嫁にいってしまうんじゃないかと……」

「馬鹿な男だな、お前は。それまで通って見向きもしてくれないのなら、お前に少しの興味もないということだ」

多聞は、あきれ顔で言った。

「そうでしょうか。私は、なんとか興味をこっちに向けてやろうと一計を案じまして、水茶屋の女を連れて、これみよがしに筆屋に行ったんです。私は女にもてる男なんだと見せつけてやるつもりでした」

「それで」

多聞はにやりと笑った。

「まったく効き目はありませんでした」

「わっはっはっ」

多聞は腹を抱えて笑った。

「笑わないで下さいまし……私は、なんとかおりんさんと一言でも話をしたいと思いまして、人の噂《うわさ》で犬が好きだと聞けば犬の狆を贈り、笹紅を贈り、かんざしを贈り……」

「それでも駄目だったんだな」

「いえ、やっと口を利《き》いてくれまして」

「ほう、そこまではたどり着いたという訳か」

「はい。でも肝腎《かんじん》なのはそれからなんです。うちは、強い男はんが好きなんです……そうはっきり言われまして……」

「つまりはお前のような軟弱男はお呼びでない、そういう訳か」

「はい」

「与一郎」

そこまで黙っていた新八郎が聞いた。

「その筆屋というのは、嵯峨屋のことではないだろうな」

「そうです、嵯峨屋です」

与一郎は、身を乗り出すようにして言った。

「新八郎、おぬし、嵯峨屋を知っておるのか」

多聞が驚いた顔をした。

「いや、母親の方をちょっとな」

「何、母親か」

「母親とはいえ三十半ばにしか見えなかったが、まさかそんな娘がいようとはな。で、与一郎は強い男になりたくて道場に通っていたのか」

「はい、ですが、先程も申しましたように、望みはありません。そこでてっとり早く、私が強い男だと知ってもらえれば、なお一歩近づけると、そう思いまして」

「どうするというのだ」

多聞が、今度は何を言い出すのかと、ひやかし半分に聞いた。

「あの、そのためには、おりんさんの目の前で、私が強い男だというところを見てもらえばいいのかなと」

「だから、ここにいる新八郎に、どうして欲しいのだ」

「言いにくいことではございますが、一芝居打って頂きたいのです」

「何……芝居を打つとはまたどんな芝居だ」

「私がおりんさんの前で、青柳様をやっつけるという筋書きです」

「何だと……つまりこうか。新八郎に悪役になれと、そういうことか」

「はい……」

与一郎は、小さい声で言い、俯いた。

「何を言い出すのかと思ったら、お前は水茶屋の女との猿芝居で懲《こ》りたんじゃないのか。新八郎はむろんのことだが、この俺だって、悪役という顔ではない」

「顔に施《ほどこ》しをすればなんとかなります。それに、本当の悪人なら恐ろしくて、こんな事を頼むわけにはまいりません。お願いでございます。生きるか死ぬか、私はこれに命をかけているのです。剣術は駄目ですし」

「当たり前だ」

多聞が大声を上げた。

「三年、五年と通えば強くなれるかもしれませんが、その時間がありません」

「何年通っても無理だ。お前には剣術の素質がない」

「いかがでございましょうか」

与一郎は、祈るような顔を新八郎に向けた。

「せっかくだが、断る」

「………」

「悪役になるのが嫌なのではない。動機が不純だ。そんな猿芝居をたくらむ性根が気にくわぬ。俺はこれで失礼する」

新八郎は、座を蹴って立った。

「青柳様」

「おい、新八郎」

与一郎と多聞の声が追っかけてきたが、新八郎は後ろも見ずに岩田屋を出た。

惚《ほ》れた女の気をひくために、浪人に大金をちらつかせて、芝居を打ってくれなどとは卑劣な奴――。

憤然として岩田屋を出た新八郎だが、親父橋を渡った頃には妙に筆屋の娘が気になって、まもなく、新八郎は通油町の大通りに立っていた。

この大通りをまっすぐ東にとれば、両国広小路に出る。

そして両国橋を渡れば元町の浄瑠璃《じょうるり》長屋に帰り着くわけだが、暮れるにはまだ一刻近くあるなと素早く時刻を勘定して、その足を筆屋の嵯峨屋に向けた。

嵯峨屋は、大通りにはなかった。

一筋北側の新道通りに『御筆処嵯峨屋』の看板はあった。

数人の男たちが、侍町人とりまぜて、順番を待っていた。

新八郎も、その順番待ちの列に加わった。

列が動いて店の中に入り、筆を並べた棚の側にいる娘の姿をとらえた時、新八郎には微《かす》かな動揺があった。

湯島であったおすがという女に、どこか面差しが似ている娘は、色白く、濡《ぬ》れたような目をした美人だった。あのおすがもそうだったが、どことなくなまめかしい雰囲気を持っていた。

着ている単衣《ひとえ》の透きの入った絽の生地を通して見える、下着の襦袢《じゆばん》の紋様が浮き出る重ね仕立てになっていて、さりげない中にも心配りが見え、母親のおすがの出で立ちと同様に、そこはかとない色気を演出していた。

「どんな筆をご所望ですか」

娘は自分の前に立った新八郎に、黒い瞳《ひとみ》を向けた。

「そうだな……」

「書筆でございますか」

「うむ」

「書筆もいろいろございますけど、うちのお店の品物は、ほとんど、京都の今出川一条通りの筆師さんのものどすえ。冷泉家《れいぜい》の皆様、その他お公家《くげ》の皆様方もみな、うちが扱ってる筆をお使いです」

「そんな上等なものでなくても良いのだ」

「筆の毛は、何かご希望でも？」

「いや」

「承知しました。ではこれはいかがでしょうか」

娘は一本の筆を取り上げた。

「いかほどだ」

「鹿のまき筆でございますし、百文頂きとう存じます」

「百文」

新八郎は、目を丸くした。

今までそんな高い筆は買ったことがなかった。

だがいったん推《すす》められた筆を、更に安価なものと代えてほしいともいいにくい。

娘とはいえ、おりんに対すると、そんな見栄が湧《わ》いてきたのに、新八郎は驚いた。

――与一郎が夢中になるのも無理はないな。

新八郎は、胸の奥で苦笑して、娘がぽってりとした唇《くちびる》の中で筆の先を転がすように嘗《な》めるのを見ていた。

「いい筆は大切に使えば何年でも持ちます。書き物をした後には、筆に含んである墨を十分に洗い落として、そののち筆先を整えて下さいませ」

娘は笑みを浮かべて言った。

「まあ、これが嵯峨屋さんの筆ですか」

吉野屋の八重は、新八郎が置いた筆を取り上げると、まじまじと見た。武家の妻だったという八重は、いつものことだが、どことなくおっとりしている。

「嵯峨屋を知っているのか」

「わたくしはまだ参ったことはございませんが、人の噂では、嵯峨屋の母娘《おやこ》は店先に出る時は、結構なお金をかけた着物を着て出るのだと聞いています。江戸に出てきてまだ一年にはならないそうですが、なんでも、京の女、京からやって来た母娘という噂で、それもお公家の某様につながる方だとかで……それで、若い方ばかりではなく結構な年配の方々も、母娘見たさに押し寄せていると聞いています」

「公家につながる母娘だというのか」

「はい。美しくて品があって……いえ、これは、こちらに見えたお客さんがそのようにおっしゃっていたのですが……」

「なるほど」

「でもまさか、新八郎様が嵯峨屋さんに筆を求めに参られるとは」

八重はくすくす笑い、

「せいぜい、良いものをお書き下さいませ」

盆を持って立ちあがるが、

「あら、八雲《みや》様が参られましたよ」

入り口を見遣ったまま新八郎に告げると、帳場に引き上げて行った。

「やっぱりここにいたか」

多聞は額に汗を浮かべながら、新八郎の側にやって来た。

「おぬしが帰った後、与一郎はたいへんだったぞ。見捨てられたなどと言い、泣くわ喚《わめ》くわ、それで俺はこう言ってやったんだ。いざという時には俺が芝居を打ってやろうとな」

「引き受けたのか」

「行きがかり上どうしようもないだろう。要するに、おりんからはっきりお前は好きではないと宣告されれば、どうもこうもない、納得せざるを得まい。そこまで行かぬことには諦《あきら》めそうもないからな。いや、少し哀れになったのだ。あれだけの商人の一人息子が、嫁をもらう年になっても聞けば女に一度も接したことがない。好いてもらったことがないというのだ。見るところ、自信がないのだ。自分に自信がな。そんな男が初めて女に惚れた。端《はた》からみれば女にもてる筈《はず》がないのは明々白々だが、それを自覚させてやることが与一郎にとっては今は大事、父親の伊兵衛もそう考えてのことだろうと思ってな」

「そうか、引き受けるか」

「おぬしには強制はすまい。男の俺が見ても、お前は男として見栄えがいい。風格もある。自身でも自覚しているのじゃないか……。そんなおぬしに、与一郎の気持ちはわかるまい」

「何を言うのだ。俺はそんなことを考えたことはないぞ」

「そう言いながら人というのは密《ひそ》かに自分は人とは違うのだと自信を持っているものだ。だが俺にはわかるのだ、与一郎の気持ちがな」

「多聞……」

「まあ聞け、お前は俄《にわか》浪人だが、俺は親の代からの浪人だ。いくら剣術が出来る、書物に明るいといっても、誰も相手にはしてくれぬ。そんな俺が、女房をもらう時の苦労など、語るも涙だったのだ。与一郎とは事情が違うが、自信が持てぬという点では共通する。まっ、そういうわけだ。いずれにしても、与一郎がおりんとかいう娘を誘い出せればの話だからな。誘い出すことが出来れば、どこかで芝居も打てるというものだが、さあどうなるか……。そういうことだ。おぬしにひとこと、断りを入れておかねばと思ってな」

「………」

新八郎の胸に、多聞の話はずしりと重かった。

田舎《いなか》の小藩とはいえ、城に勤めていた頃には、考えもしなかった身すぎ世すぎの荒波にさらされている新八郎である。

たとえ薄給の武士でも藩士として禄をもらえれば武士としての体面も立つ。だが浪人では体面どころか、武士の誇りも投げ捨てて生きねばならぬところに常に立たされている。

与一郎の申出をすげなく一蹴《いっしゅう》したのは、自分の胸のどこかに、無きに等しい武士の体面というものが、ふいに頭をもたげてきたものと思える。

「わかった。俺も手を貸そう」

新八郎は言い、多聞に頷《うなず》いてみせた。

「まっ、無理はするな。仙蔵《せんぞう》も手伝ってくれるそうだからな」

「すっぽんの仙蔵が……」

驚いて聞き返す。すっぽんの仙蔵とは、ついこの間まで巾着《きんちゃく》切りだった男だが、新八郎は同じ浄瑠璃長屋に住んでいる隣人として、厳しく言い含めて改心させたのであった。

「仙蔵にはここに来る途中で会ったのだ。あいつ、近頃は小間物《こまもの》売りになったのか」

「らしいな」

「是非にもやらせてくれと言っておったな」

多聞は言い、

「まっ、本音をいえば、俺もあいつも金が欲しい」

そう言ってにやりと笑ってみせた。

三

与一郎は、思いがけない展開に、自身でも信じられない思いだった。

剣術の師でもある八雲多聞から、当たって砕《くだ》けろ、一度勇気を出して娘を誘い出してみろ、などと言われて、数日前におりんを浅草寺《せんそう》に誘ったところ、翌日になって、色良い返事を貰ったのであった。与一郎は、あれやこれやと計画を立て、今日、おりんと浅草寺を訪れている。

昼には沿道にある小料理屋で食事をして、再び支院を回ったが、おりんは特に、五重塔の前では京都を思い出したとみえ、しんみりとする場面もあった。

「お江戸ではお友達もいてしまへん。そやけど今日は、お寺もみせて頂きましたし、おいしいものも頂きました。ほんにたのしゅうございました」

おりんは、眩しいような笑顔を見せた。

「ま、また、お誘いしても……よ、よ、よろしいですか」

与一郎は、おそるおそる聞く。

普段は口が滑るのに、今日は一日しどろもどろの与一郎である。

「へえ……でもうちは、お店がありますし、お母はんに聞いてみんことには……それに、与一郎さんには、いいお人がいてはるのと違いますか」

与一郎は、思いっきり、首を横に振って否定した。

「わ、私が嫌いですか」

「そんなことあらしまへん。与一郎さんは大店《おおだな》のぼんぼんどっしゃろ」

「お、おりんさんこそ、お、お、お公家さんと、ふ、深い繋《つな》がりがある身分だと聞いています」

「そんなこといわはるお人もいますけど、おりんのしらないことですから……」

おりんは、ふっと寂しげな顔をして俯いた。

――もうひと押し、男らしい強いところをみせたら、おりんさんは私を好いてくれる筈……。

与一郎の心は震えた。

なんとか一日を無事過ごして、後はかねてより計画している通り、悪人役の多聞たちが現れておりんをさらおうとしたところを助ければ万事うまくいく。

与一郎は、おりんを気遣いながら、浅草寺を後にした。

駒形堂《こまがた》まで出て、そこから隅田《すみだ》川縁に出る。

多聞たち悪人が出て来る手筈となってる場所は、駒形町から諏訪《すわ》町にかかるあたりの河岸《かし》だった。

二人はそぞろ歩きながら川下に向かった。

陽はまたたく間に落ちて、過ぎて来た彼方《かなた》、浅草寺の鐘《かね》の音が聞こえて来ると、大川に提灯《ちょうちん》をともした涼み船がひとつふたつ、黒くなった川面《かわも》をゆったりと滑って行くのが見えた。

待つほどもなく夕月が出ている。

月は弦月《げんげつ》だった。

優しい光を二人の行く手に落としていた。

舞台は整った。頃合も状況も申し分なかった。

与一郎は、腹に気合いを入れ直した。

――せめておりんの手に触れられないものか。

与一郎が、もぞもぞしながら、そんなことを頭に浮かべていたその時、

「待ちな、その娘を貰おうか」

出た出た、物陰から悪人が三人、深く頬《ほお》かぶりをした町人姿である。

――三人？……。

訝《いぶか》しく思いながらも、

「誰だ」

与一郎は、おりんを庇《かば》って颯爽《さっそう》と立ち、悪人たちをきっと見据えた。

「この人に指一本触れてみろ。許さんぞ」

口上もぴしりと決まる。先程までおどおどしていたなどと自分でも信じられないほどの男ぶりである。

そう言いながら与一郎は、そうか、青柳様も承知して下さったのかと心底は感謝感激、多聞に手《て》解《ほど》きを受けた通りに立ち回らなければと、その手順を頭の中でおさらいをする。

なにしろ、最初から決まっている勝負である。

つかみ合ったりする折に、足を滑らせたりしない限り、与一郎が悪漢どもを蹴散らす筋書きになっていた。

「何をごたくを並べてるんだ。早くしろ」

一人の悪人が顎《あご》をしゃくると、いきなり与一郎に飛びかかって来た。

「退け、お前に用はねえ」

与一郎は胸倉をつかまえられると、いきなりみぞおちを悪人の拳《こぶし》が襲った。

「うっ」

――話が違うぞ。

叫ぼうとしたが声を出す暇もなく、前のめりになった与一郎の頭を悪人は両手で挟むと自身の膝頭に打ちつけた。

「ぐっ」

舌を嚙《か》みそうになった与一郎が、反射的に顔を上げると、今度はその頰に拳骨《げんこつ》が飛んできた。

与一郎は、二間ほどふっとんで転がった。

「誰か！」

おりんの声がしたように思ったが、与一郎はもう、立ち上がることさえ出来なかった。

俯《うつぶ》せになったまま、やっとの思いで音のする方に顔を向けると、黒い影たちは河岸に走り、繫いでいた舟におりんを押し込み、向こう岸に向けて漕《こ》いで行った。

――なんだこれは、今のは何なんだ。

混乱した頭を整理しようとして、与一郎は意識が切れた。

「しっかりしろ、与一郎」

頬を叩《たた》かれる痛みに気づいて目を開けると、そこには新八郎と多聞と仙蔵がいて、与一郎の顔を覗いていた。

「青柳様……や、八雲先生」

与一郎はようやく、先程の出来事は芝居でもなんでもなく、本当の悪党に出くわしたのだと理解したのであった。

「ここは……」

与一郎は振り返って、今居る場所が、まだ駒形町なのを知った。

「お、おりんさんがさらわれた」

「何……」

「舟で向こう岸に行くのをみましたが、そこで気を失ってしまいました。皆さん、助けて下さい、おりんさんを助けて下さい」

途方にくれる新八郎たちに、与一郎は恥も外聞もなく、縋《すが》りついた。

「旦那、後を追ってみます」

仙蔵は駒形堂の前に立っている石灯籠《いしどうろう》の灯を目指して走った。

堂の前は、広い河岸になっていて、普段から舟が繋がれている。

むろん客待ちの舟である。

仙蔵は、それを利用しようと考えたようだった。

「まことに申し訳ないことでございます。倅の与一郎が浅草寺にお誘いしなかったら、しかも、おりんさんの気持ちを自分に向けたいがために、先にも申しましたように子供じみた芝居を考えなかったら、こんなことにはならなかったと存じます。お詫《わ》びのしようもございません。また、安易に息子の話に乗った私にも責任がございます。この通りでございます」

岩田屋伊兵衛は、おりんの母おすがに、事の次第を告げると深々と頭を下げて手をついた。

おりんが誘拐《ゆうかい》された後、仙蔵は駒形堂前から舟に乗って後を追い、新八郎と多聞は与一郎といったん岩田屋に戻り、事の次第を伊兵衛に述べた。

その上で、多聞は岩田屋の若い衆をひきつれて、隅田川縁の聞き込みに出向き、新八郎は伊兵衛に頼まれて、嵯峨屋にやってきたのであった。

おすがは、新八郎を見るなり驚いた顔になった。湯島での出会いを思い出したらしかった。新八郎の方もあっとして会釈をした。だが奇遇を言葉にすることはなかった。

打ち合わせの芝居が本物の襲撃に化け、与一郎は動転しているのだ。それどころではなかった。

与一郎は父親に合わせておすがに頭をさげたが、上げた顔は見るも無残に腫《は》れ上がっている。

おすがは驚愕《きょうがく》した顔で、手をついた二人の姿を見詰めていたが、

「おりんが……」

袖で目頭を押さえると、肩を震わせた。

大声を出して怒るということでもなく、泣きわめくという訳でもない。

怒りを抑えたその態度に、

──噂どおり、公家に繋がる母娘なのか……。

嵯峨屋に上がった新八郎は、おすがの悲しみに耐える姿を見守っていた。

「お恥ずかしいことでございますが、一人息子のこの倅を、なんとか恥ずかしくない男にしてやりたいと考えた私がいけなかったのでございます。なにしろこの子は、幼い頃に母親を亡くしまして、以後私の母が育てて参りました。なにもかも女の子のように養育致しまして、それが昂《こう》じて長じてもこの通り、優しいのはいいのです

が、男子としてはいかにも心許《こころもと》無い人間になってしまいました。この度のことで、人として一段の成長をしてほしい、おりんさんに自分の意思をしっかりと伝えることが出来て、またおりんさんからもいい返事が頂ければ、きっと自信もつくだろうと、そんな馬鹿なことを考えておりました。まったく親馬鹿です。娘さんは全力をあげて、きっとお助けしようと存じます。どうか私に免じて、お許し下さい」

「岩田屋さん、お手をお上げ下さいませ」

おすがは、涙をぬぐうと顔を上げた。

「おりんには、明るいうちに帰って来るように言い聞かせておりました。でも、日の暮れるのも忘れて遊んだのは、よほど楽しかったのだと存じます。あの子もずっと、この店をきりもりして参りましたから、わたくしも息抜きをさせてやりたいと思ったのです。事件に遭ってしまったのは、岩田屋さんの責任ばかりではございません」

おすがは、分別のある言い方をした。

岩田屋は恐縮していた。

怒鳴りつけられても仕方のないところなのに、美しいおかみは、冷静な物言いをしてみせたのであった。

——それにしても……。

今夜の事件は偶然なのか、あるいは計画されていたものなのか、新八郎は二人のやりとりを聞きながら、先程からそれをずっと考えていた。

与一郎とおりんが襲われたのは駒形町の隅田川縁だった。

芝居を打とうとしていた場所は諏訪町縁である。

新八郎もいざとなると気がかりで芝居を見届けるために多聞に同道することになったのだが、悪人たちは新八郎たちが待ち受けていた場所よりはるかに手前で襲っている。

まるでその道を、その時刻に、与一郎とおりんが通るのを知っていたかのようだった。

「おすがさん、岩田屋の店の者たちも娘さんを今捜しています。それに、こちらの青柳様のお仲間も調べて下さっています。夜が明けたらお役人にも届けます。気をしっかり持っていて下さいよ」

伊兵衛が慰《なぐさ》める。

「ひとつ聞きたいのだが、おかみには心当たりは……」

新八郎が尋ねるが、おすがは首を横に振った。

「そうかな。ここにいる与一郎のように、おりんに夢中になった男がいたのではないか。しかし、おりんへの思いが遂げられず、徒党を組んで犯行に及んだということは、考えられんか」

おすがは新八郎を静かな目で見つめると、

「そのように言われましたら返すことばもございません。皆様がおりんをひいきにしてくれてはる、そやから商いもなりたってます。でも、わたくしが知るところでは、そんなお客はんは……」

「ふむ。詮索《せんさく》するようだが、京ではいかがであった。このご府内に参ったのは昨年の今頃だと聞いておるが」

新八郎の言葉に、おすがの顔色は一瞬だが変わった。

「いいえ何も……」

「江戸に参ったのは何か訳あってのことか……」

「それは……母と娘が、このお江戸に新しい生活をもとめてのことです。他には何もございません」

「ふむ……」

その時だった。店の方で、ことりと音がした。

「見てまいります」

与一郎が店に行ったが、まもなく帰って来た。

その手に書状がみえた。

「土間に落ちていました。誰かが投げ込んだものと思われます」

与一郎は、おすがの膝前に置いた。

おすがはつかみ上げると、素早く書状に目を走らせた。

「おりんが、おりんの命が……」

おすがは呆然《ぼうぜん》とした顔で言い、新八郎にその手紙を差し出した。

「これは……」

書状を読んだ新八郎は驚愕した。

手紙は脅迫状だった。

おりんの命が惜しくば五百両用意をしろ、役人に知らせれば、おりんの命はない。金とおりんとの交換場所は、追って知らせるとあった。

「五百両なんてこの店にある筈がございません。どうすればよろしいのでしょうか」

おすがが、縋るような目を向けてきた。

伊兵衛もこれを読み終わると、力強い声で言った。

「このお金は岩田屋が用意いたしましょう。ただこれで、お役人に事件のことを届けるのは難しくなりました。おりんさんの命がかかっていますからね。後は、こちらにおられる青柳様にお縋りするほかございません。青柳様、よろしくお願い致します」

四

仙蔵が岩田屋の裏庭に現れたのは、翌朝のことだった。

岩田屋は表からみれば普段とかわらぬ商いが始まっていた。だが、店の奥では何か新しい手がかりがもたらされるのを、まんじりともしないで待っていた。

昨夜多聞たちも遅くに引き上げて来たのだが、これといった収穫はなかった。そこで多聞たちは仮眠をした後、再び早朝から探索に出ている。

じりじりと、諦めの雰囲気が漂い始めていたところであった。

「仙蔵さん、何かわかりましたか」

伊兵衛も店の方から足早にやって来て、新八郎の側に座った。

「おおよその見当はつけてきましたぜ」

仙蔵はきらっと新八郎に目を向けると、

「奴等が乗った舟は業平《なりひら》橋の南、横川沿いに瓦《かわら》の焼き場や瓦師の家が四十軒《けん》近くありますが、そこの荷揚げ場に繋いでありました。今朝になって見つかったんですが、よそ者の舟はすぐにわかりますからね……で、その舟ですが、どうやら前日花川戸の船宿から盗んだもののようでした」

「青柳様……」

伊兵衛は、なにはともあれ手がかりをつかめたという安堵《あんど》の色を一瞬見せたが、すぐに表情をひき締めて仙蔵の次の言葉を待った。

仙蔵は、大きく溜《た》め息をつくと、

「しかしわかったのもそこまでです。いずれにしても、あの辺りに住まいがあるのは間違いありやせん。一度新八郎の旦那にご報告してからと存じましてね」

「よくやった、仙蔵」

「へっへっ、どうも……で、あっしは早速、あの辺りを一軒一軒、当たってみようかと考えているんですがね」

「伊兵衛、与一郎、今仙蔵の話に出た所だが、何か心当たりはあるか」

「いいえ、私どもにはいっこうに」

「ふむ……」

「青柳様……」

突然、与一郎が大きな声を上げた。

「ひょっとして、私を好いてくれている女子《おなご》が嫉妬《しっと》して、おりんさんをさらったのかも……」

などと突拍子もないことを言い出した。

「何、お前を好いている女子がいる……」

俄には信じ難い思いで聞き返すと、

「先にもお話ししましたが、おりんさんがちっとも振り向いてくれないものですから、水茶屋のおはつという女子に、気のあるような素振りを見せて、筆を買いに嵯峨屋に誘ったことがあります。何度か誘いました。許嫁《いいなずけ》のようにみせかけて連れて行ったことがあります。その後も何回か会ったんですが、ある日私が冷たくしたものですから、それを恨《うら》んで……そうだ、おはつには兄さんがいる筈なんです。住まいは、中の郷横川町です」

「まったくお前は、次から次へとボロが出てくる。恥を知りなさい」

伊兵衛が一喝した。

与一郎は、しゅんとなって俯いた。

「与一郎、今度の一件は、俺が思うに、最初から金目当てだ。男と女がどうのこうのという話ではないな。その金目当てというのも、商いの小さな嵯峨屋をゆすって出させようとしたのではない。要求してきた五百両という金額をみてもわかるように、最初からこの岩田屋を狙《ねら》ってのことではなかったのかと考えている」

「するとなんですか、この与一郎とおりんさんが浅草寺に行くのだということを、事前に知っていた者たちの仕業《しわざ》だということですか」

「そういうことだ。たまたまこちらは芝居を打つと決めていたから、うまくいくかどうか、その事で頭がいっぱいだった。その虚を突かれたのだ」

「与一郎、お前、浅草寺におりんさんと行くことを、誰かに話したのか」

伊兵衛が険《けわ》しい顔で与一郎を睨んだ。

「そりゃあ、遊び仲間には言いましたよ。たとえ一回こっきりの逢瀬《おうせ》でも、おりんさんと遊びに行く約束をしたのは、私が初めてなんだから……仲間には、私より背も高く、男っぷりのいい人はいます。いえ、私以外はみんなそうです。それが、よりによって私に白羽の矢をたててくれたんです。言わずにおこうかと思ったのですが、つい、ぽろっと」

「まさか、有頂天になって芝居を打つことまで漏《も》らしたのではあるまいな」

聞いたのは新八郎だった。

「まさか、青柳様、私だって恥ずかしいってことぐらい知ってますよ。そんなみっともないことを漏らすものですか。仲間にしれたら馬鹿にされてしまいます」

新八郎は苦笑するが、

「伊兵衛」

今度は伊兵衛に聞いた。

「商売上で、何か恨みを買ったということはないか。例えば相手の店を潰《つぶ》したとか、乗っ取ったとか、あるいは借金を申し込まれて断ったとか」

「はて……」

伊兵衛は、しばらく考えていたが、

「そういえば……ひとつあります」

小さな声を上げた。

「なんだね。話してくれ」

「富沢町で古着屋を商っている六兵衛《ろくべえ》という人がおりますが、その人が二百両都合をつけて貰えないかとやってきたことがあります」

「いつのことだ」

「去年の暮れだったと思います。ご存じの通りうちは諸色問屋です。まっ、全国のいろいろなものを扱っている訳ですが、下りものの古着もやっております。六兵衛という人には、下りものの古着を卸《おろ》してあげたことはありますが、僅かな取引です。特別昵懇《じっこん》という訳でもありませんでしたから、それで私はお断りしたんですが、店を出ていく時に、なんだか恐ろしい捨て台詞《ぜりふ》を残して帰って行ったんです」

「どんな台詞だ」

「はっきりとは聞き取れませんでしたが、今にみてろとか、只《ただ》ではすまんとか……」

「ふむ」

「その時の形相《ぎょうそう》が恐ろしかったことを覚えていますね。眉《まゆ》にあった切り傷のせいかもしれませんが……そうそう、上方《かみがた》なまりがあったように思います」

伊兵衛は、ひとつひとつ記憶を手繰《たぐ》り出すように言い、

「まさかとは思いますがね」

大きく溜《た》め息をついた。

確かに、岩田屋伊兵衛が溜め息をついた通り、借金を断ったからといって、それだけで恨みを抱き、拐《かど》かしという大罪に走る者は滅多にない。

しかし……と新八郎は足を緩《ゆる》めた。

岩田屋を出て堀江町を抜け、親父橋を渡っていたところだった。

岩田屋に恨みをもった古着屋の六兵衛がやったとすると、なぜおりんを誘拐したのかという疑問がわいた。

与一郎が側にいた訳だから、与一郎を誘拐すればいい。

なぜ、おりんなのだという気がしてくる。

——やはり、古着屋の六兵衛も、関係ないのかもしれぬな。

とはいえ、無駄足とわかっていても、ひとつひとつ潰すしかない。

再び新八郎が、足を早めようとしたその時、

「おまえさん、待って下さいよ」

突然後ろから女の声がした。

振り返ると、新八郎の側を羽織袴《はおりはかま》で身を改めた中年の男が、せかせかと歩いて行く。

「おまえさんったら」

急ぎ足で追っかける女は女房かと思えるが、こちらもよそ行きの形《なり》をしている。二人はこれから、なにかの儀式めいた場所に出向くところのようだが、その正装ぶりにはどこかちぐはぐなところが見える。

男は立ち止まると後ろを振り返り、女房を叱りつけた。

「まったく、のろのろ歩くんじゃねえ。さんざん時間をかけてめかしやがって、てめえのおたふくをどうしようってんだ。百ぺん塗りたくったって変わりゃあしねえってのによ。遅くなったのはおめえのせいだ」

偉そうに叱りながらも、まんざらでもない顔で、着飾った女房を待ち受ける。

「いいじゃないの、久しぶりなんだからさ」

女房がくいっと亭主に甘ったれた視線を返すと、

「行くぞ」

亭主は格好をつけて踵《きびす》を返すと、後ろに女房を従えて急ぎ足で橋を渡って行ったのである。

「ふむ……」

喧嘩《けんか》しているとはいえ、確かな絆《きずな》で結ばれているこんな一組の夫婦を眺《なが》めるとき、新八郎の胸はうずく。

ああいう風景が、自分たち夫婦にあったろうかと思うのである。

激しい喧嘩をした覚えもないし、さりとて、家族の目をはばかって優しくしたこともないように思えるのであった。

新八郎は二人の後ろ姿を追うようにして駕籠《かご》屋新道に出ると、道を北にとって富沢町の古着屋に向かった。

この町は、いったいに古着屋が多い。

新八郎は、足袋《たび》股引《ももひき》の暖簾をかけている店に入って、この辺りに六兵衛という男がやっている古着屋がある筈だがと聞いてみた。すると、

「そのお店なら、とっくに潰れて、今は代替わりしてますよ。ほら、その、斜め向かいの店がそうだったんですがね」

額に膏薬《こうやく》を張りつけた初老の女が、わざわざ軒先まで出てきて、その店を指して教えてくれた。

「潰れたのはいつの頃か」

「去年の暮れだったんじゃないかしらね。もともと商いなんて腰入れてやってなかったんだから、留守の日が多かったからね、儲《もう》かるわけないよ。あんな商いでおま

んまが食べられたら、あたしだって、も少しいい暮らしをしてますよ」

「家族はいなかったのか」

「いなかったと思いますよ。でも時々人の出入りはありましたね。それが、人相のよくない男ばっかり」

新八郎が見返すと、

「旦那、ちょいと……」

女は新八郎に顔を近づけるように手招いた。そして、もどかしいように新八郎の耳に口を寄せると、

「大きな声じゃあ言えませんが、あの店に集まる者は、盗《ぬす》っ人《と》じゃないかって噂なのさ」

と言い、神妙な顔をして頷いた。

「何……」

新八郎が見返すと、

「お奉行所のお役人が何度も来てさ、お店が潰れた後だったか、六兵衛といっていた男は、こういう人相じゃなかったかと聞くんですよ。そりゃまああんた恐ろしい顔で。でも確かに六兵衛さんの顔でしたね。眉に切り傷があるのが動かぬ証拠です

よ」

「…………」

「それであたしが、この人何をしでかした人なんですかって聞いたらさ。そしたら、上方を騒がしていた盗賊の手下なんだって、そう言ったんですよ。盗賊の頭は捕まえたんだけど、番頭格の六蔵《ろくぞう》という人がまだ捕まっていない。この江戸に潜伏しているらしいんだって……」

「そうか、六兵衛のもう一つの名は、六蔵か……いや、ありがとう」

新八郎は女に礼を言って店を出ようとした。だがその袖を、

「ちょいと、ごらんよ」

女が引っ張って、斜め向かいの店を指した。

紫の頭巾《ずきん》をかぶった一人の女が、店から出てきたのである。

「あの人、ずっと前にもあの店訪ねてきたような……」

女は首をひねって、女の姿を追った。

女は終始うつむき加減で、道をわたってこちらの軒下《のきした》を伝って歩いて来る。

とっさに新八郎は、吊《つ》ってある古着で身を隠した。

だが、女が店の前を、白い横顔をみせ一方に立ち去った時、

——あれは……おすがではないか、しかしなぜここに……。

新八郎は、驚愕しておすがの後ろ姿を追った。

五

与一郎は、白い陽差しが照りつける業平橋の中ほどの欄干《らんかん》に立った。

そこから見える瓦師たちの家や煙のあがる釜場が連なる風景には、ご府内の商人の家や倉庫が立ち並び、与一郎が住む賑やかな小網《こあみ》町とは一変して、のどかなたたずまいであった。

「どこかお探しですかい」

野菜を積んだ車を押して、橋を渡って来た農夫が与一郎に尋ねてきた。

「瓦師の常五郎《つねごろう》さんの家はどの辺りかと思いまして」

与一郎が、橋の南側に建つ家々を目顔で差すと、

「ああ、それなら、この河岸の中程にありやすよ」

農夫は人懐っこい顔で告げると、がらがらと車を押して橋を降りていった。

気さくで親切な人柄は、与一郎が知っている水茶屋にいたおはつと共通するとこ

ろがあった。

与一郎は、橋を引き返して西袂《にしたもと》に降りると、南に広がる土手に向かった。

この辺りは昔、水害を防ぐために、近隣の者たちが土を盛って土手を築いたのだと聞いている。

今では、土手から河岸にかけて、瓦を焼く人たちの仕事場と住居が軒を連ねていた。

河岸は瓦の荷揚げ場になっていて、陽差しの中で舟に瓦を積み込む人足たちの姿が見えた。

皆諸肌《もろはだ》を脱いで、下帯一つで忙しそうに動いている。

——おはつだ。

土手の中ほどにある瓦師の家から、若い女が竹籠を抱えて出てきた。

女は家の裏手にある、猫の額ほどの畑に向かっていた。

その畑には、茄子《なす》やきゅうりの葉が茂っているのが見える。

与一郎は、そこに向かってゆっくりと歩を進めた。

ここに来るまでに、おはつに会った時の台詞をいろいろと考えて来たのだが、正直、はじめになんと声をかければよいのか迷っていた。

それというのも、一刻ほど前、与一郎は両国広小路に店を出している水茶屋『若《わか》松《まつ》屋』に立ち寄って、おはつに関する衝撃的な話を聞いていた。

賑《にぎ》わいは江戸随一、年中とぎれることもない往来の激しい一角に若松屋はあり、両国広小路にある掛け茶屋、二、三十軒の一つであった。

しかも若松屋は、結構繁盛している店だった。

与一郎は、両国の橋袂でしばらくためらっていたが、意を決して若松屋に入ったのである。

「いらっしゃいませ」

女たちの声が飛んできた。

女たちはみな友禅の美しい花柄の前垂れをかけ、片袖だけ紅色の布で襷《たすき》にかけて立ち働いている。

その出で立ちは、華やかで色っぽくて、人の目を惹《ひ》いていた。

「おはつさんはいるかな」

与一郎は店に入って見渡すが、おはつの姿を見つけられず、注文を取りに来た女に聞いてみた。

「あら、おはつさんは辞めましたよ」

女は、意味ありげな目を送ってきて、くすりと笑った。

その時である。

「岩田屋の若旦那《わかだんな》ですね」

少し年増《としま》の女が近づいて来た。

「何しにここにみえたんですか」

両手を腰に置いて、つっけんどんに言う。

「いや、おはつさんがいたら、ちょっと話をしたいなと思ったんだが……」

「何をいまさら、おはつさんがこの店辞めたのは、若旦那のせいですよ。いいように利用されて、ぽいって、ごみ捨てるみたいに、おはつさんを酷《ひど》い目にあわせたでしょ」

「ちょっと待って下さい。私とおはつさんとの間は、捨てるとか捨てないとか、そんな間柄じゃないんです。訳があって、しばらく私のいい人になってもらっていただけなんだから」

「知ってますよ、筆屋の娘の気をひくためにでしょ。あんな女のどこがいいのよ。なよなよしてさ、さもか弱そうにして、男の気をひいて、本当に公家の娘かどうかわかったものじゃないのにさ、まったく、男はだまされやすいんだから」

「………」

「いい人になってもらってただけだって……よくそんな無責任なことが言えるもんだわ……おはつさんはね、お腹《なか》に赤ちゃんが出来ているんですよ」

「まさか……」

「何がまさかよ、会ってきなさいよ、見てきなさいよ、その目でね。若旦那が、どんなに酷いことしたか、確かめてきなさいな」

「あの……私とおはつさんの仲はですね……」

「聞きたくありませんね。いいですか、若旦那。お金でなんでも解決出来ると思ったら大間違いなんですから、人には心っていうものがあるんですからね。男ならぴしっとけじめをつけてもらいたいってことさ……さあさ、わかったら出てっておくれ、さあ」

与一郎は追い払われるように店から押し出されたのである。

おはつの腹に子がいるなどと言われても、第一、与一郎はおはつとそういう関係ではまったく無かった。

確かに手を握ったことはあった。

与一郎も男である。むらむらとそんな気が起きたことはあったが、せいぜい手を握ったただけのこと、子をはらますなどという行為は一度もしていない。

おはつに近づいた目的は一つ。筆屋のおりんにみせつけて、こちらも女にはもてもてなんだと、そのためにいわば金で雇った仲だったのだ。

「面白そうね。やってあげるわ」

おはつは気持ち良く引き受けてくれたが、何度か会ううちに、男女の感情が生まれてきていたのは事実だった。

――まずいな。

そう察した与一郎は、それでおはつとは手を切っている。

それを、子を孕《はら》ませたなどと言われては迷惑至極、まさかとは思ったが、そんな女なら自分とおりんの仲を嫉妬して、おりんをさらっていったのかもしれない。

与一郎は、ふつふつと込み上げるおはつへの怒りを抑えきれずにここにやって来ていた。

「おはつさん」

与一郎は、青い葉の茂る中で、野菜を摘《つ》み採《と》っていた女の背に声をかけた。

振り返った女は、びっくりした顔を向けた。

「若旦那」

おはつは、懐かしそうな笑みを送って来た。

「よくここがわかったわね」

だが与一郎は、にこりともせずに言った。

「私の子が腹にいるんだって……」

おはつは、あっと言って、すぐに俯いた。

「どうしてそんな嘘《うそ》をつくんだね。私はあんたと、いっぺんもそんなことをした覚えはないよ。確かに手は握ったけど、そんなことで腹に子ができるもんかね。どんな魂胆《こんたん》があるんだい」

「魂胆だなんて……」

おはつは、泣きそうな顔になった。籠の中の摘んだばかりの野菜を見つめる目が哀《かな》しげだ。

「そうじゃないか。そんな女だから、あんたは、人を使っておりんさんをさらっていったんだろ」

与一郎の声には、容赦《ようしゃ》のない怒気が含まれていた。

おはつの顔に、怒りとも哀しみとも思える表情が見えた。

「若旦那……若旦那はそんなことを言いに私のところに来たんですか。私がおりんさんをどうかするなんて、そんな馬鹿なことをおっしゃらないで下さい」

「私の子がお腹にいるなんて嘘をつく女だ」

「それは……」

「それはもあれはもないじゃないか。おりんさんをさらって、身《み》の代金《しろきん》を要求してきたのはあんただろ。しかも五百両も……恐ろしい人だ。私はあんたが、そんな人間だったなんて知らなかったよ」

「待って下さい。何をおっしゃっているんですか。私は確かに、お店を辞める時に、若旦那の赤ちゃんがいるかもしれないって嘘をつきました。ごめんなさい、それは謝ります」

「それみなさい」

「でもそれは……」

「何だね、腹癒《はらい》せに私からお金を巻き上げるつもりだったんだろ」

「違います。私、兄さんが重い病気になって、兄さんの看病をしなくちゃならなくなって」

「それと、嘘をつくのと、どんな関係があるんだい」

「これから兄さんの世話に明け暮れて、たいへんな暮らしが待っているって思った時、私の心の支えになるのは若旦那と過ごした思い出だけだと、ふと思ったんです」

「…………」

「若旦那にお金を貰って、若旦那のいい人ぶりしたのは、私の心の中に若旦那を好きだっていう気持ちがあったからなんです」

「おはつ……」

「お芝居とはいえ、私のような者が若旦那のいい人になれるなんて、私、それだけで幸せだったんです。若旦那にはおりんさんしか見えてなかったようですけど、私、嘘でも嬉しかった……」

おはつは心の中を吐露《とろ》するうちに、突き上げて来るものに抗しきれないかのように、顔を覆った。

――なんてことだ。

と、与一郎は、肩を震わせているおはつを見た。

与一郎も遊びのつもりだったし、おはつもそのつもりだと思っていたが、今考えると一方的におはつにはもう会わないと告げた時の、哀《かな》しげなおはつの顔が思い出される。

おはつは、ごめんなさい、取り乱しましたと言い、顔を上げると、

「私だけの思い出を大切にしたい……そう思っていただけです」

おはつは言い、寂しげに笑った。

「……………」

与一郎は、返す言葉を失っていた。

おりんだけを一途《いちず》に思ってきた自分の哀しい姿と、おはつの姿が重なって見えた。

おはつを責めるには、かわいそうすぎる。

「そういうことなら……じゃあ」

与一郎は尻切れ蜻蛉《とんぼ》のような言い方をして踵を返した。

自分を慕ってくれる女がいた……その気持ちは嬉しかったが、だからといって、それをどう受け止めていいのか与一郎にはわからなかった。

ただおりん恋しさに、なりふり構わず猛進していた自分の姿が滑稽《こっけい》にみえてきたのである。

与一郎は、ここにきてはじめて、男と女の仲も、世間というものも、意外に複雑で奥が深いものらしいと、ようやくなんとなくわかってきたような感じがした。

「待って下さい、若旦那」

後ろからおはつが追っかけて来た。

「若旦那が傷つくといけないって、言わなかったんだけど、おりんさんの家には、良くない人が出入りしています」

「おはつ、何てこと言うんだね。やめなさい、みっともないよ」

「本当です。私見たんです」

「何を見たんだね」

与一郎は、みるみる顔がこわ張っていくのがわかった。

「いつだったか、若旦那が私とはもう会わないって言ったすぐ後に、おりんさんの店の前まで行ったことがあります。五ツ頃でしたから、お店はしまっていたのですが、店の中から、人相のよくない人が出てきたんです。おりんさんのおっかさんに送られて……」

「おっかさんに……」

「随分親しい間柄のようでした」

「その話、本当だね」

与一郎は険しい顔で念を押した。

「どうだね。本当のところを話してくれないか」

新八郎は、おすがの顔を見詰めて言った。

側には与一郎も座っている。与一郎も固唾《かたず》を呑《の》んで見守っていた。

座敷から見える小さな庭には、日の陰りが刻々広がっていた。

高さ三尺あまりの紅葉《もみじ》の木の葉が、かすかに風に揺れている。

だがその模様もやがて夕闇《ゆうやみ》に包まれて、そして漆黒《しっこく》の中に覆われてしまう筈である。

おりんがさらわれてすでに二日、身の代金受け渡しの期日も場所もまだ示してはきていない。

相手は、五百両の大金を要求し、それを確かに手に入れるために、こちらの様子をじっと窺《うかが》っているように思えて来る。

おすがは、膝に置いた手を呆然と見詰めながら新八郎の話を聞いていたが、顔を上げて庭の陰りをじっと見た後、

「おりんをかどわかした者は……その者は、わたくしが知っている悪党です。初めは半信半疑でしたが、きっとそうです」

おすがは言った。声は沈んでいたが澱《よど》みはなかった。

「富沢町で古着屋をやっていた六兵衛という男だね」

「はい……」

「そして、夜嵐の鬼蔵《おにぞう》の異名をとった盗賊久蔵《きゅうぞう》の一味で、番頭格の六蔵という……」

「ええ……」

「何故だ。何故そんな輩《やから》を知っている。ただの知り合いという訳ではあるまい」

「これは、おりんは何もしらないことなのですが……」

おすがは、目を伏せると、

「夜嵐の鬼蔵は、わたくしの亭主でした」

苦しげに言ったのである。

「何……」

新八郎は絶句して、おすがを見た。

夜嵐の鬼蔵の話は、奈良茶漬け屋『吉野屋』の常連客で北町の与力、秋山鉄之助《あきやまてつのすけ》から八重が聞き出して、新八郎に教えてくれたものである。

おすがは、顔を俯けたまま、語り始めた。

おすがは若い頃、公家の家に出入《い》りする京のさる小間物屋の娘だった。

二十歳のおり、生糸《きいと》問屋に輿入《こし》れしたが、実家の小間物屋が火事に遭い、両親と兄を一度に失うと、厄介《やっかい》払いのように婚家を追い出された。

行く当てもないおすがは、東山にある料亭『華祥《かしょう》』の仲居になったが、そのおすがを女房にと言ってきたのが、久右衛門《きゅうえもん》と名乗る商人だったのである。

久右衛門は、江戸に呉服店を開いていて、京には買い付けに来ているのだと言った。

華祥の店のおかみもその話を信じていたから、おすがの幸せを願って強くその縁談を勧めたのであった。

「住み慣れた京を離れる必要はありまへんのや。京で暮らしたらええ」

久右衛門のその言葉で、おすがは決心したのであった。

実際、何不自由のない生活をさせて貰って、おりんが生まれて、そのおりんと静かに夫の帰りを待つ生活は、一度婚家から追い出されたおすがにとっては、夢のような生活だった。

久右衛門は、どこからみても大店の商人だった。

最後までおすがは、夫が盗賊だなんて気づかなかったのである。

事実を知ったのは、二年前、京で大捕物があり、夜嵐一味が捕まった翌日のこと、奉行所の同心がおすがを訪ねて来た時だった。

幸いおりんは、琴《こと》のお稽古にやっていて、おすがはほっとしたものである。

その時同心は、頭の久蔵、またの名を久右衛門と名のっていたのはあんたの亭主だ。亭主は昨夜お縄になったが、手下《てした》の番頭格六蔵に逃げられた。隠し立てをすればお前たちも罪になると、おすがに迫ったのであった。

おすがは震え上がった。

だが事実は、おすがのところには、手下の一人も出入りしていなかった。ありのままに答えて、それでなんとか同心の追及から逃れることが出来た。

失意のうちに、人の目を気にして家を払い、ひっそりと暮らしていた五条の裏長屋に、ひょっこり六蔵と名乗る男が現れたのは、まもなくのことだった。

「親分は打ち首になりました。おかみさんの行く末はあっしが頼まれておりやした。お江戸にお連れしますから、すぐに支度をしてくださいまし」

六蔵は、そう言ったのである。

頼る人の一人もいないよるべない暮らしを始めていたおすがは、迷いに迷ったあげく、六蔵の申し出にすがることにしたのである。

但《ただ》しおりんには、六蔵は父親の遠い親戚の者だと言ってある。

「それで、この江戸に出て参りました。六蔵が用意してくれていたこの店で生活を始めたのです。ところが……」

おすがは、苦しげな息をついた。

六蔵の怖さを知ったのは、まもなくだった。

夕闇にまみれてたびたび、女二人の所帯に踏み込んでくるようになった。

「親分だと思って、頼ってくんな」

挙げ句の果てに六蔵は、おすがをてごめにしようとしたのであった。

「手を触れたら、舌を噛みます」

毅然《きぜん》として立ち向かったおすがを見て、六蔵は冷笑を浮かべると、

「そういう覚悟なら、店の上がりは入れてもらうぜ」

そう言い放った翌日から、ぬかりなく売上の金をとりに来るようになったのであった。

ほとぼりのさめるまで盗みが出来なくなった六蔵は、江戸の拠点としていた古着屋で暮らしを立てようとしたらしいが、地道な商いがおいそれと出来る訳もない。追い詰められていた。

そんな時に、借金を申し込んだ岩田屋に、けんもほろろに追い返されて、深く恨

んでいたらしい。折りしも、与一郎のことが耳に入った。

与一郎がおりんに熱をあげているという話は、六蔵にとっては格好《かっこう》のネタになったに違いない。

六蔵はおすがに、おりんが与一郎に好かれているのなら結構なことだ。あんな大店の跡とり息子だ。嫁にでもしてもらえればおすがさんも安心というものですぜ、などと親切ごかしに、巧みに水を向けたのである。

娘の行く末を案じていたおすがは、そんな六蔵の言葉を疑いもせず信じてしまったのである。

何も知らないおりんは、母の許可を貰った嬉しさに、やって来た六蔵に与一郎との約束をつい漏《も》らしてしまったらしい。

「おりんがかどわかされて、私、はじめてその時、六蔵の魂胆を知ったのです。慌てて富沢町の古着屋に行ったんですが、私の知らないうちにお店はひき払っておりました」

おすがは肩を落とした。

「与一郎さん、ごめんなさいね……そういうわけですから、五百両旦那様に出して頂くのは心苦しいのですが……」

縋るような目を向けた。

その時である。

「旦那、奴等の住み家がわかりやしたぜ」

仙蔵が飛び込んで来た。

「どこだ」

「業平橋の東に妙応寺《みょうおうじ》という廃寺がありますが、そこにいました。多聞の旦那が見張っています」

「よし、わかった」

新八郎は、大刀をつかんで立った。


やぶれ寺妙応寺の境内は、月明りの中にも荒れるに任せている有様が見てとれた。

草丈は高く、木の枝は伸び放題で、風に靡《なび》いている長い穂は茅《かや》だった。

穂はまだ固く開いてはいなかったが、頭を垂れてかすかに揺れているその様は不気味だった。

新八郎は、用心深く門の中に滑り込んだ。

木の陰に体を寄せて見渡した時、近くの前栽《せんざい》の茂みが動いて、黒い影がこちらを向いた。

ぎくりとして目を凝らした。

影は、多聞に違いなかった。

「俺だ」

新八郎が、低いが鋭い声で言った時、多聞は手招きをして新八郎にここに来いと言った。

腰を落として多聞がいる前栽の陰に入ると、

「左手に光が漏れているのが庫裏《くり》だ。そこにはおりんが縄でしばられている。見張りは一人だ。そして右手の本堂には三人いる。一人は一味を束ねている男だ」

多聞は小さな声で言った。

「よし、おぬしはおりんを救い出してくれ。本堂の三人は俺に任せろ」

新八郎が言った。

二人は二手に分かれて足音を立てぬよう小走りし、多聞は庫裏の軒下に、そして新八郎は廊下の下に腰を落とした。

庫裏と本堂とは長い廊下で繋がっている。

新八郎は振り向いて多聞を見た。

多聞が庫裏の腰高障子の破れ戸をそっと開けて入るのが見えた。

「誰だ……」

庫裏の中で男の叫ぶ声がして、次の瞬間、打ち据える音が聞こえた。

「うっ……」

どたりと人の倒れる音がした。

同時に、本堂の男たちのざわめく音がした。

新八郎は、廊下に飛び上がった。

どたどたと本堂から廊下に走り出て来た一味の前に立ちふさがった。

しかし、男たちは新八郎の姿を見た途端、走りながら匕首《あいくち》を引き抜いて、声も立てず飛びかかって来た。

先頭の者が外せば次の者が間髪を入れず飛びかかった。

素早く、流れるような襲撃だった。

新八郎は本堂から走り出て来た三人目を遣り過ごすと、刀を抜きざま、剣先を後ろに向かって突き立てた。

「ぐう……」

呻《うめ》く声がした。

いったん走り抜けた男が、新八郎を後ろから狙おうと反転して来て、串刺《くしざ》しになっていた。男は新八郎の背中に匕首を振り上げたまま、新八郎に覆いかぶさるように倒れてきた。

新八郎は、その男の体を突き放して立ち上がると、上段に構えた。

薄闇に見据えると、二人の男が匕首をつかんで、背をまるめた猫のようにこちらを睨んでいた。

二人は常に動いている。油断なくこちらの動きを読んでいるようだ。まるで鎌首をもたげた蛇のようにも見えた。

——この者たちには、少しも恐れがみえぬ。

新八郎はぞっとした。

夜嵐一味の場慣れた凶暴さを見たと思った。

いつの間にか、じっとりと汗で額も首も濡れているのがわかった。

「ふむ」

新八郎は庭に飛んだ。

続いて二人が飛んできたが、新八郎はくるりと体を返すと、飛び下りて来た一人の男の足元を薙《な》いだ。

だが、男はなんなくその刀を飛び越えて着地したのである。

顔を上げて身構えたその男を見た新八郎は、

「そうか、お前が六蔵か。その眉の傷が証拠、さすがは、夜嵐の番頭格だと言ってやりたいところだが、そうもいかぬな」

言いながら新八郎は、横合いから走って来た男を、腰を落として一刀のもとに斬り捨てた。びくりっと六蔵が動いた。

目の前の六蔵にじりっと寄った時、

「死ね」

六蔵が突っ込んで来た。捨て身だった。

新八郎は軽く横に飛んで躱《かわ》すと、六蔵の匕首を跳《は》ね上げて、のけ反《ぞ》った腹を峰で打った。

六蔵は呻き声を上げて崩れた。

「お前には、証言して貰わねばならぬことがある」

新八郎は、気を失った六蔵に言った。

「旦那……新八郎の旦那」

仙蔵が境内に駆け込んで来た。

「与力殿に伝えたか」

「へい。旦那に言われた通り、縄も持ってきやしたぜ」

「よし、仙蔵、お前はこの男を縛り上げて、与力殿を待て」

「あっしがですか、巾着切りのあっしが……へっへっ、妙な具合でござんすね」

仙蔵は、嬉しそうに笑った。

「新八郎……」

庫裏の方から、おりんを抱えて多聞がやって来た。

「やつらは明日、金の受け渡し場所を通知するつもりだったようだ、間一髪というところだった」

「うむ……」

新八郎は、多聞に支えられているおりんを見た。

「新八郎様……」

おりんの顔は、白夜《びやくや》にいっそうはかなげに見えた。

「きんぎょう……きんぎょ。きんぎょう……きんぎょ」

けだるい金魚売りの声が聞こえて来る。

——そうか、雨はあがったか……。

新八郎は布団の上に横になったまま、首をまわして裏の障子に顔を向けた。

弱々しい光が障子に差し込んでいた。

その光の中に、おすがとおりんが江戸を発《た》って行った光景が浮かんできた。

六蔵が捕まり、おりんは無傷で戻ってきたが、おすがは江戸を出るとすでに決心していたようだ。

おりんの体が回復するや、おすがはすぐに店を畳んで、新八郎にその旨を伝えにきたのである。

出立《しゅったつ》は昨日の朝の五ツ頃だった。

やはり雨上がりで、二人はようやく差し込み始めた陽の光の中に旅姿で立っていた。

与一郎も見送りに来ていたが、おろおろするばかりで、言葉を失っていたようだった。

「辛《つら》くてこの江戸に居られぬというのもわかるが、京に帰る訳ではあるまい。お伊勢参りでもしてくるつもりで参られよ。そして、気持ちがおちついたら、またこの江戸に戻ってくるのだ」

新八郎の言葉に、母娘は深々と頭を下げた。

「お、おりんさん。わたしはもう、お、おりんさんを追い回したりしませんから、戻ってきて下さい。力になります」

与一郎は、意外にもきっぱりと言ったのである。

「ありがとうございます」

おりんが弱々しい笑みを見せた。あまりにもはかなげな笑みだった。

だが、去っていく母娘の足取りは、意外にもしっかりと地面を踏みしめているように見えた。

「新八郎様」

その時、表から八重の声がした。

「おう」

我にかえって起き上がり、上がり框《がまち》まで出て行くと、

「お惣菜《そうざい》です。お口に合うかどうか、お召し上がりくださいませ」

優しい笑顔が、新八郎を見上げてきた。

第三話　花もみじ

一

「旦那《だんな》、空《あ》いてるようですぜ」

すっぽんの仙蔵《せんぞう》は、二階への階段を軽い身のこなしで上り切ると、まだ階段途中の新八郎《しんぱちろう》を見返して、得たりという顔でにやりと笑った。

二人がやってきたのは、向嶋《むこうじま》にある料理屋『高島《たかしま》』である。

向嶋には有名な料理屋が幾つもあるが、高島は一風変わった客のもてなしをするので、人気があった。

どの部屋からも小高く盛り上がった小山の庭園の四季を望めるようになっていて、春はこちらから、秋はこちらからと、庭の絶景を眺《なが》めるのに一番いい部屋というものがあるようだ。

特に二階の座敷の大広間からは秋の風情がこの上ないといわれている。しかもその座席は、早い者勝ちで座れるということで、それがまた店の人気を盛り上げていた。

他のたいがいの料理屋は、心付けをはずむ上客が景色のいい座敷を優先できる。だが高島は、誰にでもその眺めを、平等に与えてくれているのが魅力のようだった。

そういう話をどこから仙蔵は仕入れてきたのかと思ったら、ちゃっかり高島の仲居頭以下数名を、新しく始めた商売の得意の客にとりこんでいるらしい。

それもあって、たまには二人で人並みの楽しみをしようじゃないかと誘ってくれたのである。

「なに旦那、あっしは便宜もはかってもらえますから、二人で一両もあれば御の字です」

などと豪気なことを言う。

実はすっぽんの仙蔵の新しい商売というのが、これがまた、特製の白粉《おしろい》『京美人』の販売なのであった。

新八郎も用心棒稼業が途絶えた時に袋詰めを手伝っている。

なんとなくいかがわしい品だと思えるのだが、仙蔵に言わせれば、美人になるのだとふれ歩けば、長屋の女房連中はもとより、時にはそっと老婆にまで呼び込まれて、売ってくれなどと言われるらしい。

仙蔵の懐はことのほか暖かいらしいのだ。

浪人とはいえ武士が町人におごってもらうというのも、これは武士の沽券《こけん》にかかわるような話だが、内職をした手間賃の一部だと思えばどうということもない。

新八郎はそのように解釈して仙蔵に同道してきたのであった。

仙蔵が階段上で得たりという顔をしたのは、そのお目当ての座席が空席だったからのようだ。

新八郎は、階段をゆっくりとのぼった。

仙蔵と同じように急いでは、いかにも体裁が悪いのではないか、そんな気持ちが頭の片隅にある。

浪人とはいえ武士だと格好つけていたつもりだが、階段を上りきってそこに立った時、思いがけず心浮き立つ晴れやかな気分になった。

二階は畳の上に紺青色の毛氈《もうせん》が、客座を示すように程よい間隔を置いて敷いてあり、客人たちはそのいずれかの席に着座して料理に舌鼓《したつづみ》を打ち、外の景色を楽しんでいた。

だが、

「旦那……」

仙蔵が狙《ねら》いをつけていた座敷の左側窓辺に設けてある毛氈敷きの客座には、幸い誰もいなかったのである。

頃良く客が座を立って引き上げた後かとも思え、その座席に急いで歩み寄ろうとしたところ、明らかに新八郎の後からやって来たと思われる供連れの初老の女に、つつっと先回りされてとられてしまった。

「そりゃあないぜ」

仙蔵が悔しがって独りごちたとき、

「もし、そこは我らの席だ。遠慮してもらおうか」

老女の前に立ち、見下ろすようにして言った者がいる。

着流しの武家だった。

武家は三人、どうやら仲間同士で初秋のひとときを物見遊山《ゆさん》というところか。

老女と女中はすでにそこに腰を下ろしたところで、突然武家が三人も現れて、ぽかんとした顔を向けたが、瞬く間に当惑の色を浮かべた。

「よろしいかな。我らはいったんここに座を占めたが、階下にある生簀《いけす》の魚を注文するために座を外したまでのこと、その僅《わず》かの隙《すき》にそなたたちが座ったのだ」

武家の中では先輩格と思われる、頬《ほお》にあばたを散らした男が、どうでも座を立てといわんばかりの説明をつけ加えた。

老女はちらりっと武家たちを眺め渡し、背筋を伸ばすと、そこにそのまま座ったままで、

「三人ご一緒に生簀の魚を選ぶために連れだって階下に下りられたとはまた手抜かりな……」

袖《そで》で口元を押さえてくすりと笑った。

「手抜かりだと……愚弄《ぐろう》するか」

「いえいえ」

「ならば、その席返して貰《もら》おう」

相手が老女とはいえ、武家たちの顔には苛立《いらだ》ちが見える。

「返して貰おうですって……おやまあ、人聞きの悪いことを……」

老女は平然と言ってのける。物腰は丁寧だが、矍鑠《かくしゃく》として一歩もひかぬ気配である。

もはや隠居の年頃かと思われるが、顔には張りがあり、着ている物もいかにも上等そうで、側の若い女中の方がはらはらしている。

「何……もう一度言ってみろ」

「お武家様、みっともないそんな難くせは恥をかくだけではございませんか。だいたい、この席は、特別な料金を支払って予約するという席ではございませんよ。空いていれば誰でも座れる、そういうお席です。どんなわけがございましょうとも、下にぞろぞろ連れだって下りていかれたお武家さまたちに落ち度があったのです。お譲りするわけには参りませんね」

老女は毅然《きぜん》として言いはなった。

相手は大小を腰にぶら下げているお武家である。それも三人、老女からすれば、血の気の多い恐ろしげな連中だ。

その武家たちに、きっぱりと物が言えるとは、理屈はどうあれ、肝の据わったあっぱれな老女よと見ていると、

「これは異なことを申すものじゃな。われらがここに座っていたのは、この部屋にいる者たちも知っておるぞ」

「でも、この座を立って、下りております。私が来た時にはどなたもおいでではな

かったのです。どうでもこの席をご所望ならば、一人ここに残っていればよいのではありませんか。お武家様だから、もしもの時にはごり押しでどうにでもなるとお考えなら、それはお武家様の傲慢《ごうまん》というものです」

「どこまでも……許せぬ」

やりあっていた武家が、あろうことか、体を開いて身構えた。

「旦那……」

仙蔵が新八郎に声をかけるより早く、新八郎は武家の右側にぴたりと体を寄せていた。

新八郎が立った位置を考えると、武家は刀を抜こうにも新八郎が邪魔になって抜けぬ。

新八郎は武家の耳元に、押し殺した声で言った。

「たかが気散じの席の取り合いで、下々の楽しみを奪い、あまつさえその刀で老女を傷つけたとなると、お家の名は地に墜ちる。おやめなされ」

「おぬし……おぬしも見ていたであろう、この者の武家を侮《あなど》るふるまいを」

「うむ」

「俺たちは愚弄されたのだ。おぬしも武家のはしくれではないか」

「まあまあ……相手は老い先短い老女でござるよ」

新八郎が一層小声で言った時、

「聞こえていますよ。何が老い先短いですか」

老女はきっとした目で、新八郎を見た。

「いや、なに、例えばの話だ」

新八郎は老女に言い、すぐにまた武家の耳元に言った。

「ここは身分をひけらかす場所ではない。仮に貴殿の言う通りだとしても、ご隠居の方に分がありそうだ。こんなばかばかしいことにこだわって刀を汚すことはあるまい」

新八郎は渋い顔の武家に頷《うなず》いてみせると、仙蔵に言った。

「仙蔵、この方たちを階下の、見晴らしのいい小座敷にでも案内するように仲居頭に頼んでくれぬか。ここで騒動があっては、こちらの店も迷惑だからな」

「ようがす。お任せ下さいまし」

仙蔵は、すばやく階下に下りていった。

「どうぞ、お召し上がり下さいませ。お陰様でこの婆は命拾いを致しました」

老女は名をおきんと名乗り、例の窓際の席に新八郎と仙蔵を招きよせると、本膳《ほんぜん》、二の膳、向詰《むこうづめ》まで運ばせて豪勢にも料理を並べてみせたのである。

本膳には栗《くり》御飯にあつものとして豆腐を薄く切って、味噌汁《みそしる》にあんをかけた観世《かんぜ》汁《じる》、鯉《こい》のあらい、煎松茸《いりまったけ》、壺焼《つぼや》きに香のもの。

二の膳が、貝のすまし汁、そして平皿には魚や野菜の煮しめ、ゆり根の和《あ》え物。

そして向詰には鯛《たい》の塩焼きがのっている。

むろん酒は、大きな銚子《ちょうし》に入っていた。

一目《いちもく》しただけで目の前の料理が、新八郎や仙蔵にとっては、盆と正月がいっぺんに来たようなものだった。

いや、盆や正月どころか、一生のうちに、そう食べられるものではないほどの豪華さである。

しかし、老女おきんにひとことの苦言も呈せずに、それではと膳の箸《はし》をとるわけにもいかず、新八郎は咳払《せきばら》いをしておきんの顔を見た。

「おきんとやらに言っておくが、二度と今日のような意地の張り合いはするでない。俺が言うのもなんだが、商いで得た富を鼻にかけて、ことさらに肩を張って世を渡っていると、今に痛い目に遭うぞ。たとえお前さんの言い分に理があってもだ」

実際今日だって、仙蔵がうまく仲居頭に話をつけてくれたからこそ、武家たちは渋々でも納得してくれたのである。

仙蔵は、武家三人には小座敷の見晴らしのいい部屋を用意してもらい、しかも小座敷を使った差額は高島の店持ちということで、うまく決着をつけたからである。

もう少し難しい武家なら、間違いなくおきんは斬《き》られているし、高島の店も被害を被り、おきんを斬った武家も重いお咎《とが》めを受ける羽目になっていたかもしれないのである。

「武士を甘くみてはいかん。一度口に出したら後には引けぬものだ」

「わかりましたよ、旦那。助けて頂いた青柳様《あおやぎ》のいいつけは守りましょう」

おきんは、さらりと言ってのけた。

先程の有様を見ていた新八郎には、俄《にわか》には信じ難い素直さだった。

「それより青柳様、どうして私がこの席にこだわったのか……ここから一度真下に見えるもみじを御覧なさいまし」

おきんは、新八郎の戸惑いなどお構いなしに、にこりとして言った。

「うむ……」

そうだったのかと、窓辺によって、ふっと下方を眺めると、見たこともない緋《ひ》の色のしだれのもみじが風に揺れていた。

他のもみじはまだ紅葉半ばなのに、なぜかそのもみじだけは陽の照りに緋《あか》く映え、涼風に微かに揺れている。

「あのもみじをひと目見たくて、皆さんこの場所を争うんです。あたしは隠居の身ですから、結構あちこちの店に上がっているのですが、もみじはこの庭のが一番です。ここからの眺めにはかないません」

自慢げに言った。そして、

「まあまあ、とにかく……」

おきんは、改めて二人に膳を勧めた。

お供の女中おふさが、二人に酌をしてくれる。

「まっ、それでは」

新八郎はもったいぶってひと口飲んだ。

うまい酒だった。

一度味わったら止められぬ。

もう一杯、おふさの酌を受けていると、

「しかし青柳様がご浪人とは、見る目のない人が多いものですね」

おきんは言いながら、年寄りとは思えぬ健啖《けんたん》ぶりをみせる。

ちらちらとおきんの箸の動きに目を遣っていると、おきんと目が合い、するとおきんはいたずらっぽい目でにやっと笑って聞いてきた。

「旦那はなぜ、ご浪人におなりになったんですかね」

すると、おっちょこちょいにも仙蔵が、ぽろりと言った。

「おきんさんよ。このお方はご自分からご浪人になったお人だ」

「おやまあ、それはご立派」

「家を出て行かれた御新造様を捜すためでございやすよ。泣かせる話でござんしよ」

「本当ですか、それ。では、青柳様は御新造様に見捨てられた、そういうことですか」

おきんは目を丸くして新八郎の顔を窺《うかが》った。

新八郎が苦笑してみせると、

「そんな不実な御新造様などさっさと離縁して、新しいお相手を見つけることですよ。何でしたら、この私がお世話してもよろしいですよ」

遠慮もなく言った。

「不実な女だと……」

さすがの新八郎もむっとした。

つい妻の志野《しの》をかばうような言い方になる。見捨てられたとか不実だとか言われて、黙っているわけにはいかなかった。

「のっぴきならぬ事情があってのことと思っている。妻はそのような、ふしだらな女ではない」

「おやそうですか。かばいたいお気持ちはわかりますけどね。近頃の若いひとは、亭主の苦労などそっちのけで、都合のいい口実をつけては、よろしくやっていると聞きますからね」

歯に衣着《きぬ》せぬ物言いに、

「おきん」

つい怒気を含んだ声になった。

「青柳様、お許し下さいませ。ご隠居さんは少しも悪気があって申し上げたのではないのです。どうか、ご勘弁下さいませ」

女中のおふさが、飛び上がるほど驚いた顔をして、新八郎の前に手をついた。

――まったく……国の母のきつい言葉にも閉口したものだが、このおきんという婆さんは特別に口が悪い。

先程武家をやりこめた時には、その度胸に感服したものだが、こうずけずけ言われては、いかな新八郎も黙ってはおれぬ。

おきんに突然、妻志野を汚されたような感じがして許せなかった。

このまま一緒に食事をしていれば、また先程の武家のように自分も腹をたてるかもしれぬ。

「仙蔵、俺は帰るぞ」

新八郎は立ちあがった。

「旦那……」

仙蔵も自分の軽口が新八郎の気分を害するもとになったと知り、かける言葉も見つからずおろおろしている。

「お待ち下さいませ、青柳様」

女中のおふさが、新八郎の行く手にまわって膝《ひざ》をついた。衆人の面前である。

新八郎は、腰を落とすと、おふさに言った。

「わかってるよ、おふさ……おまえも大変だろうが、よく面倒をみてやれ」

ちらっとおきんに視線を流す。

その時、おきんが慌てて新八郎から視線を逸《そ》らすのが目に入った。

「青柳様」

おふさは、立腹しながらもつき添いの自分に示してくれた新八郎の労《いたわ》りに驚いたようだった。新八郎を見上げた瞳《ひとみ》がそれを物語っていた。

二
「青柳新八郎様のお住まいはこちらでございますよ」

長屋の表で、隣家の八重《やえ》の声がした。

――誰か訪ねてきたか……。

新八郎は部屋で顎《あご》に剃刀《かみそり》を当てていたが、慌てて手ぬぐいで顎をぬぐうと、金だらいや剃刀一式ひげそりの道具を裏のぬれ縁に押し出した。

長屋の軒下には、よろず相談の看板をぶらさげている。

近頃は少し名も知られるようになったのか、口入れ屋を通さずに、ひょっこり相談ごとを持ち込んでくる者もいる。

どうやら今日の客は、表に居合わせた八重にこの住まいを尋ねたらしい。ちらと

そんなことを頭に浮かべていると、

「新八郎様、八重です。いらっしゃいますか」

もう一度、八重の声がした。

「いるぞ。入ってくれ」

新八郎は咳払いをして招き入れたが、

「これは……」

八重の後ろから入ってきた女を見て驚いた。

昨日、向嶋の高島という料理屋で会った、あの口うるさい婆さんの供をしていた女中のおふさだったからである。

「昨日はたいへん失礼を致しました」

おふさは腰を折って挨拶《あいさつ》をした。

「して、何の用かな。まさかあの婆さんからの恨みごとでも持ってきたのではあるまいな」

からかい半分で言い、苦笑いをして新八郎が見返すと、

「とんでもございません。ご隠居様はくれぐれもお詫《わ》びしてきてほしいと申されまして」

「本当かね。俄には信じがたいが、まあ、よかろう。しかし、わざわざそんなことを言いに参ったのか」

「いえ。是非にもお願いしたいことがございまして、お伺い致しました」

「俺に……」

「はい。ご隠居様の用心棒をお願いしたいのでございます」

「何……あの婆さんの用心棒を……悪いが断る。俺にはつとまりそうもない」

新八郎は、きっぱりと言った。

「新八郎様、お話ぐらいは聞いてあげられたらいかがですか」

八重が側から口を添えた。

「わたくしも全く知らないというお方ではございません」

「知っているのか、おきん婆さんを」

「ええ、吉野屋にもときおり、こちらのおふささんと立ち寄って下さいます」

「一筋縄ではいかぬ婆さんだぞ」

「はい、それも承知です。確かに口は悪いのですが、でも本当は気性のさっぱりした方ですから」

「ふむ……すると、ここに来たのは八重殿の口添えか」

新八郎は、八重に尋ねる。

だがすぐに、おふさが答えた。

「いいえ。こちらの長屋に青柳様がお住まいという話は、昨日お連れの仙蔵さんからお聞きしておりました。そしたら表でばったり八重さんにお会いして、それでこちらに案内して頂いたのです」

「新八郎様……」

八重は、強いまなざしで新八郎を促した。

正直困惑していた新八郎だが、八重の口添えもあり、

「わかった。話を聞こう」

上がり框《がまち》に腰を据えるように、おふさを促した。

「ありがとうございます」

おふさは、そこに腰を据えると、

「まずは、おきん様のことですが、ご存じかも知れませんが、餅菓子《もちがし》『えびす屋』のご隠居様です」

「えびす屋の隠居……」

「はい。この御府内にえびす屋は三店舗ございますが」

「知っている。たいした繁盛ではないか」

「はい。ここまでお店を大きくしてきたのは、すべてご隠居様でございます。今はそれぞれのお店を、息子さんや娘さん夫婦にお任せになって、ご自分は隠居なさって本所の法恩寺《ほうおんじ》の側の隠居屋敷にお住まいなんですが、先日、首に火縄をつけた野良猫を屋敷内にほうり込まれまして」

「何……」

「その猫が縁の下を走り回ってたいへんな騒ぎがございました。でもその時には、悪いいたずらでご隠居様を狙ってやったものではないと思っていたんです。ところが今朝、表門に火札が張られていたのを見つけまして、これはただのいたずらではないと……」

「つまり隠居は、誰かに狙われている。そういうことかな」

「はい」

「まあ、あの気性では考えられないこともないな」

「…………」

「心当たりがあるのではないのか」

「ええ。確かにおっしゃる通り、商いのことにしたって厳しい人ですから、恨んでいる方がいるかもしれません。でも、商いについては感情に任せて無茶をおっしゃる方ではございません。それなりの根拠があっておっしゃるのです。商いのことで恨んでいる人がいるとしたら、それはご隠居様を誤解してのことではないかと……」

とにかくおきんは隠居したとはいえ、いまだにえびす屋の実権は握っているし、餅菓子仲間の寄り合いでも役持ちで、睨《にら》みをきかしているのだという。

「苦労をされてきた人のようでございますよ、おきんさんは……新八郎様、引き受けてお上げなさいまし」

八重がまた口を添える。

「ご隠居さんは昔は担い商いをしていたお人なんです。裸一貫からこれまでになられ、美辞麗句を並べるのは苦手な方です。でも本当は人情の厚い人なんです」

今度はおふさが畳みかけるように言う。

「しかし、俺につとまるかどうか」

「お願い致します。隠居の身とは申しましても、そういうわけで外出も多く、私一人では心細くて……」

新八郎は、女二人に押し切られて、ついに用心棒を承諾したのであった。

――ほう、意外に質素な暮らしではないか……。

新八郎が、法恩寺近くのおきんの隠居屋敷を訪ねてまず抱いた感想は、そういうものだった。

屋敷地は百坪、家屋は平屋建てで、外から見れば黒塀内の様子までは窺うことはできないが、一歩中に入ると菊の花の咲く庭の側には野菜畑があり、家の中の調度などもけっして高価なものではなく、その上古くて、何度も修理をして使っているようだった。

えびす屋は餅菓子では有名な店である。当然繁盛もしていて、菓子職人や奉公人も他の菓子屋にはみられないほどの数だと聞いている。

餅菓子の種類も多く、季節季節には限定の菓子も販売したりして、えびす屋の餅菓子は手土産や贈答品にも重宝されている。

そういった店の繁盛を考えれば、まだ店の実権を握る主《あるじ》の暮らしとしては、はなはだ慎ましいのではないかと新八郎は思ったのである。

「青柳様、こちらへどうぞ」

座敷から庭をながめてあれこれ考えていた新八郎は、おふさに裏庭にまわるように促されて腰を上げた。

――人を呼びつけておいて、これだからな。

思っていた通り少々不快な気分で裏に回ると、そこにあのおきんがいた。

おきんは木綿《もめん》の縞《しま》の着物に前だれ襷《たすき》姿で、一か所に群れになっている伸び切った茅《かや》を刈りとっていた。

こちらには柿の木が植わっていて、たわわに実をつけている。

それはいいのだが、その柿の木に一匹の犬が繋《つな》いであり、新八郎が裏庭に足を踏み入れるや、こちらを睨んで唸《うな》り声を上げ始めた。

「権蔵《ごんぞう》、いいのですよ。怪しいものじゃありませんよ」

おきんはその犬の頭を、まるで孫でもあやすように猫撫《ねこな》で声で制した後、新八郎に言った。

「御覧の通り、ここに住んでいるのは私とおふさと、この権蔵です。おふさから聞いて頂いていると存じますが、まあ、いろいろとありましてね……でも私は、用心棒など不要だと言ったんですが、おふさが心配性なものですから……」

おきんは、どこまでも強気である。素直によろしく頼むと言えないのである。

「お気にさわることがあるかもしれませんが、どうぞご勘弁下さいませ」

前もっておふさからそんな言葉を言われている新八郎は、聞き逃すしかない。

「用心棒の条件は、おふさから聞いて頂いていると思いますが」

「うむ」

新八郎は鷹揚《おうよう》に頷いた。

騒ぎのおおもとが一段落するまでの手当ては五日に一両、泊まり込みで食事つき、おまけに、もしも犯人をつかまえた時には別に報酬を支払うという約束だから、おきんの口の悪さがなければ新八郎にとっては結構な仕事である。

「じゃ、お風呂をつかって、その着古した着物も、こちらで用意させているものに、着替えて下さい」

おきんは、新八郎を頭のてっぺんから足元まで、じろりと見渡した。

「別に俺は、このままでもいいのだが……」

新八郎は、思わず呟きながら、自身の着ている着物の袖を、くんくんと嗅《か》いでみた。

「私の言う通りにして頂きます。そんな汚い身なりのご浪人を連れて外出できませんからね」

おきんは有無を言わさぬ口調で言った。

「青柳様」

おふさが、促した。

「ふむ」

裏庭から引き返した新八郎の背に、

「ああ、それからもう一つ」

おきんの声が呼び止めた。

「この権蔵の散歩もお願いします」

側にいる犬に顔を向けた。

「承知した」

返事を返したものの、どうもあの犬とは相性がよくないのではないかと、ふと思う。

なにしろ権蔵という犬の人相は役者なら悪役の顔つきで、すこぶるよろしくない。特に眉間《みけん》に刀傷のような黒っぽい模様があるが、それが一層犬相を険悪にしている。

もそっとましな顔の犬を飼うことも出来る筈なのに、よりにもよって何故あんな犬を飼っているのだと、新八郎はおふさに聞いた。

おふさは、くすくす笑って、

「ご隠居様がおっしゃるのには、あの犬の顔、亡くなられた旦那様にそっくりだっていうのです」

「犬の顔が旦那にな」

「眉間に三日月のような模様があるでしょう。あれがね、似てるんですって」

「ほう……」

「ご隠居様の旦那様は、若い頃に町でならず者に商売を邪魔されて傷を負わされたことがあるようなんです。お亡くなりになって一年が過ぎた頃、お墓参りに行ったら野良犬がついて来た、それがあの権蔵です。ご隠居様はその時びっくりされたようです。野良犬は旦那様の生まれ変わりじゃないかって思ったそうです。それでその犬を拾ってきて、旦那様の名をつけて可愛がっているのです」

「すると何か、権蔵というのは、亡くなった亭主の名前か」

「はい。ですから、あの犬に気に入られたら、無条件でご隠居様にも気に入られます」

「しかし逆に、犬に嫌われたら、隠居にも嫌われる……」

「ええ……でも、青柳様はきっと大丈夫、そんな気がします」

おふさは用心棒を頼んだ手前、そんななぐさめを言うのだった。

三

おきんが尾上《おのえ》町の料理屋『華菱《はなびし》』を同業の餅菓子屋の旦那衆と出て来たのは、まもなく夜も五ツになろうかという頃合だった。

新八郎は、おきんとおふさを七ツ半に華菱まで送ってきている。

そうしていったん長屋に戻った。

新八郎の長屋は、隣町の元町にある。

寄り合いの終わる頃を見計らって、華菱の表が見渡せる差し向かいの蕎麦屋《そばや》に入ったのが、つい先刻、銚子ひとつの酒がまだ半分も残っていた。

餅菓子屋の定例の寄り合いは年に四度行われるが、そのたびに親睦《しんぼく》を兼ねた会食も行っているらしいと聞き、もう少し時間がかかると思っていたが、意外に早く終わったようだ。

「勘定だ」

新八郎は小女《こおんな》に言い、立ち上がった。

華菱の表におきんの姿を見た時から、新八郎の視線はおきんをぴたりと捉《とら》えている。むろん、おきんの周囲の人物にも目を配る。用心棒稼業も板についてきたというところだろうか。

おきんたちが華菱で話しあう約束ごとは、互いの店の身勝手な商いを抑制する一方、外の敵に対しては一致団結して立ち向かうという宥和《ゆうわ》と共栄を目指した集まりらしい。

世話役は五人で、おきんもその一人のようだが、何かの重要な案件を決するのはこの五人の同意が必要だということで、それだけに、餅菓子屋仲間の世話役は、たいへんな力を持っているのだという。

実際、隠居屋敷では粗末な木綿の着物を着て草刈りをしていたおきんが、今日はしっとりとした上物の絹の着物を身に着けて、背筋を伸ばして立つ姿には、どこの餅菓子屋の店主よりも見栄えも押し出しも一際のものが窺える。

おきんの側には常に女中のおふさがつき従っているが、そのおふさの説明によれば、今日のおきんが着ている着物は、利休白茶と呼ばれる色地に秋の草を裾《すそ》に散らした特別仕立ての品だという。

おきんの見事に変化をしてみせるその心意気に、新八郎は舌を巻いていた。

新八郎はゆっくりと華菱の表に近づきながら、餅菓子屋の主たちが次々に町駕籠《かご》に乗り込んで、料理屋を後にするのを見送った。

「えびす屋さん、失礼致しますよ」

いずれの主も、おきんにひとことの挨拶を忘れない。

まもなく、おふさが頼んでいた馴染《なじみ》の駕籠屋が店の表に駕籠をつけた。

おきんは新八郎に一瞥《いちべつ》をくれ、駕籠の人となった。

わずか数日の用心棒ではあるが、おきんの身辺に懸念していた事態は何も起こってはいない。

——喰《く》えない婆さんだが、そのお守代として五日に一両は悪くない……。

新八郎は懐手で駕籠の後ろから、ぶらりぶらりとついて行く。

駕籠は尾上町から元町へ、そこからは竪川北河岸の路《みち》を東に向かってまっすぐ進み、横川を溯《さかのぼ》って帰宅する予定である。

涼風が頬を撫で、気抜けがするような静かな月の夜だった。

夢から覚めたように緊張が走ったのは、横川に架かる北辻《きたつじ》橋手前を北に取り、横川河岸通りに入ってまもなくだった。

時の鐘《かね》屋敷を過ぎ、入江町にさしかかった時、右手の河岸地から黒い影が次々と現れた。

影は二つ、尻《しり》はしょりして頰かむりをし、手には鋭く光る物を握っていた。匕首《あいくち》を握っていた。

「危ない！」

新八郎は叫びながら、おきんの乗った駕籠めがけて走った。

油断して距離を置いていたのは不覚だった。

新八郎が、二つの影に追いつくより早く、二つの影は駕籠かきの太ももを切り裂いて走り抜けた。

駕籠は音を立てて落ち、

「ああ……」

おきんが駕籠から転げ落ちた。

「ご隠居様」

おふさが駆け寄る。

「おのれ……」

新八郎は、おきんを襲った賊二人が入江町の路地に走り込もうとしているのを見て足を向けたが、その目の端に、更にもう一つの影が河岸からいま飛び出して来るのを見た。

その影も手に匕首を握っている。

おきんの側に浪人がいるのを知りながらも、その影は少しもひるまず、

「ばばあ、死ね」

低い声だが鋭い声を発しながら突進して来た。

新八郎は逃げた二人が気になりながらも、おきんに向かって突進してくる光る刃《やいば》を、大刀を抜き放って撃ち払った。

男は匕首を落とすとたたらを踏んだ。

「誰だ……なぜおきんを狙う」

新八郎は、はっと振り返った男に怒鳴った。

男は匕首を飛ばされている。じりっじりっと後ろに下がりながら退路を探している様子である。

その時だった。

「ぎゃっ」

入江町の路地入り口辺りで叫び声がした。

退路を探す賊に目を据えたまま、新八郎は月の淡い光の中に、叫びの正体を見るために、ちらりとそこに視線を流した。

「新八郎、こっちはやっつけたぞ」

手の埃《ほこり》を払って立っているのは多聞《たもん》だった。

「多聞……」

ちらりと視線を投げたその時、賊は地を蹴《け》るようにして河岸に走り出した。

——しまった。

新八郎も賊を追って河岸に走った。

「新八郎、舟だ」

後ろからまた多聞の声がした。

水際に猪牙舟《ちょきぶね》が待機していた。

その舟から、てぬぐいを被った着流しの男が立ち上がった。

賊が飛び乗るや、着流しの男は急いで舟を漕ぎ出した。

だがすぐに、

「うっ」

着流しの男は、腕を抱えて座り込んだ。

新八郎が投げた礫《つぶて》が当たったのだ。

「かまわん、行け！」

着流しの男は、賊に首を振って命令した。

賊は、着流しの男にかわって舟を漕ぎ、横川を下って竪川の闇《やみ》に消えて行った。


「冗談じゃないね、あれぐらいのことで外出を控えるなんて、えびす屋のおきんの名が廃《すた》るってもんですよ。おまえも、私の側にいるようになって何年になるんだい」

おきんは投げ出した足に包帯を巻いてもらいながら、おふさを頭ごなしに叱りつける。

「でもご隠居様、何かあってからでは遅いんですから……ご隠居様のお体は、ひとつしかないんですよ」

おふさも包帯を巻く手を止めて、おきんに今度ばかりは言葉を返した。

「だから、おまえの言うことを聞いて用心棒まで雇っているのじゃないか。これ以上びくびくして暮らしていられませんよ。いいかい、私がいなくちゃ困ることがいっぱいいなんだからね。あたしゃ死にたくったって、まだ死ねないんだから。そんなことお前、わかってるじゃないか」

おきんは炯々《けいけい》とした目でおふさを睨んだ。

隠居屋敷には、明々と燭台《しょくだい》や行灯《あんどん》が灯《とも》されている。

つい先程まで、番屋の者や町方の同心、岡っ引が、入れ替わり立ち替わり出入りして、おきんに狙われる事情があるのかどうか、聞いて帰ったところである。

賊は全部で四人だった。

直接おきんを狙った賊と、舟で待機していた賊は取り逃がしたが、最初に駕籠屋を襲って逃げようとした二人は、多聞が峰打ちにした。

ところがこの二人、賭場で知り合った見知らぬ男に金をつかまされて襲ったものの、おきん婆さんに恨みも何もある者たちではなかったのである。

第一、駕籠の中のその人が、婆さんだなんてことも知らされてなかったというのだから驚きである。

「ご隠居、おふさの心配する気持ちもわかってやれ」

側で聞いていた新八郎も、口を挟んだ。

「ふん。青柳様、そもそも青柳様が賊を取り逃がしたりしなければ、今頃はすべて決着がついていたかもしれないのです」

おきんは、新八郎をじろりと見て言い、その新八郎の横に座って無遠慮な目を向けている多聞にも胡散臭《うさんくさ》げな目を向けた。

「うむ。それを言われると弁解する言葉もないが、きっとあの者たちをつかまえてみせる」

「さあ、どうですかね……」

たまりかねて多聞が口を挟んだ。

「婆さん、いや、ご隠居……この男、青柳新八郎は信用するがいいぞ。この男は腕はいい、なにより実直だ。約束は必ずといっていいほど守る男だ。それにな、先程も話したが、この俺も用心棒として加われば鬼に金棒、新八郎と俺とで、必ずあ奴らの首ねっこをつかまえてやる。そしてここに連れてきてやる。どうだな、俺を雇わんか」

「せっかくですが、これ以上、無駄な用心棒代など出したくありませんね」

にべもない返事をする。

おきんは、賊二人を捕らえてもらったことはこととして、その相手に遠慮などする性格ではない。それより賊を取り逃がした新八郎に不満なのである。

「それならこういうのはどうだ。新八郎に払う用心棒代を半分ずつにする」

多聞が妙案を思いついたように切り出した。

「それなら結構。おふさ、こちらの八雲《やくも》様にもお食事を」

「はい」

「ただし、お手当てをどう分け合うなんて話し合いは、そちらでやって下さい」

自分がかかわっては、損でもすると思ったようだ。

「わかった」

多聞は新八郎を見返すと、にやりと笑って、

「新八郎、それでかまわぬな」

「うむ。ご隠居がいいのなら、俺はかまわんぞ。いや、大いに助かる。その方がご隠居を守りやすい。例えば外出に俺が供をすれば、お前が留守を守るといった具合だ。この家だっていつ火をかけられるかわからん」

「よし、そうしよう。しかしご隠居、先程からこの新八郎に聞いておったのだが、もう一度誰かの恨みを買っていないか考え直した方がいいのではないのか。猫につけた火縄といい、表に張った火札といい、そして今夜の襲撃といい、尋常ではないぞ」

「八雲様、そりゃあ私は、お店の奉公人だけでなく、息子や娘たち夫婦にも厳しく

接して参っております。店を守るためです。命より大事な店を守るためには、どんなことだってしてきました。餅菓子屋仲間にしてもそうでした。今の地位を築くために裏で手をまわしたことだってありますよ」

「それみろ、恨みを買う原因はいくらでもあるではないか」

「当然です。商いをやるということは、綺麗事《きれいごと》ばかりではやってはいけません。仮に、こちらに一点の曇りがなくとも、私の店を潰《つぶ》そうとして、うちの菓子の悪口を言う者、私を悪く言う者、いろいろとおります。こちらが何もしなくても、災いは向こうからやってくるのです。そうならないために、私は自分にはむろんのことですが、人にも厳しくあたってきたのです。それを恨んでというのなら、この世の中、殺しあいばかりになりますよ」

　おきんは、屈託のない笑みをみせた。

　その時である。

　おきんの足の包帯を終え、台所に夜食をつくりに行ったおふさが、血相をかえて廊下を走ってきて、敷居際に跪《ひざまず》いた。

「たいへんでございます。権蔵がおりません」

「なんだって、探しなさい。庭のどこかにいるかもしれないじゃないか」

「庭は探しました。お腹すいてる筈なのに呼んでもきません」

「もっとよくお探し！」

おきんは叱りつけると、自身も庭に出ようとして立ち上がった。

だが、

「いたっ」

足首を押さえて蹲《うずくま》った。

「無理をするな。静かにしていれば二、三日で治る。骨が折れたり筋が切れたりしているわけではないからな」

「権蔵を、権蔵を探してください。私のことはいいですから、どうぞ権蔵を……」

おきんは泣き出しそうな声を上げた。

顔は蒼白《そうはく》になり、先程までの威勢はすっかり失《う》せている。

犬に尋常ではない愛情を注いでいるのが見え、そのひとことまだけとってみると、おきんはどこにでもいる動物を愛する初老の女であった。

「青柳様、八雲様、あの犬は亭主の生まれ変わりなんですよ。亭主は、ただただ働いて、店を大きくして、ほっとしたのも束の間、あっという間に死んでしまった人なんです。私はこんな性格ですから、優しい言葉のひとつもかけることもなく、ただただ尻を叩いて……ですから亭主にそっくりのあの犬に、少しでもこの世で楽しく暮らしてほしい、そう思っていたのです。お願いします、探して下さいまし」

今にも縋《すが》りつかんばかりであった。

四

「あらあらお二人とも、どうなさったのですか。随分お疲れのようでございますね」

奈良茶漬けの吉野屋の店に入ると、八重は新八郎と多聞の顔を交互に見てほほ笑んだ。

「八重殿、笑い事ではござらん。ほとほと困っているのだ」

そう言いながら、多聞は座敷に上がると、大刀を脇に置いて、

「何かうまい物でも食わせてくれ。精のつくものをな。歩き回ってくたくただ」

権蔵探しの間の食事代は、いっさいおきん持ちだと聞いて、多聞も少々腹が太くなっている。

「秋刀魚《さんま》が入っていますよ。まだ新物のお値段ですが」

「かまわん、もらおう」

「お酒もお持ちしますか」

「いや、それはいい」

側から新八郎が言った。

多聞はちょっと不服そうな顔をしてみせたが、すぐにその不服を押し込めて、

「よし、犬が見つかったら、その時は飲もう」

気休めのようなことを言った。

八重は、側に控えていた女中に二人の注文を伝えると、

「新八郎様、仙蔵さんも犬探しに加わっているのですね」

と聞く。

「うむ。ご隠居の頼みでな。仙蔵は白粉売りを休んで探してくれているのだが」

「それが、たいへんな目に遭ったようですよ」

「野良犬にでも嚙《か》まれたんじゃないのか」

多聞が笑った。

「いいえ、ある家のお庭に犬を追っかけて入っていったら、その家のおかみさんが行水していたらしくって、悲鳴をあげられて逃げようとしたところにご亭主が帰っ

て来たんですって」

「わっはっは、仙蔵のやりそうなことだ」

多聞が大笑いをして、それで……と続きを催促するように八重を見た。

八重もくすくす笑いながら、

「なんでもそのご亭主というのが、お相撲さんみたいな大きな人で、仙蔵さんは間男と間違えられ、さんざんに打たれて気を失いそうになったとか……ここに立ち寄った時、顔や腕があざだらけで、ええ、ぶちの犬みたいに」

「とんまな奴だな……しかしその亭主も亭主だ。自分の女房がどれほどの者か知らないが、仙蔵が間男する顔かどうか、見ればわかるだろうに」

多聞が言い、新八郎も思わず笑った。だがその新八郎の目が店の入り口を見て点になった。

「仙蔵……」

噂《うわさ》の仙蔵が、ひょっこり現れたのである。

「旦那」

仙蔵は、新八郎たちを見つけて駆け寄って来た。

なるほど、ぶちのように目のところに大きなあざが出来ている。

「仙蔵、その顔はなんだ。お前、自分が売ってる白粉でもつけろ」

多聞が笑いながら、ぶちの顔を指して言う。

「多聞の旦那、そんなひどいこと言わないで下さいまし。それより、権蔵が見つかったらしいですぜ」

「まことか」

「へい。あっしはもう、こんな仕事はこりごりですから、手を引かせて頂こうと存じやしてね、それで隠居所に立ち寄りましたら、おふささんがそう言ったんでさ。で、旦那方にはすぐに屋敷に戻ってほしいとおっしゃるものですから」

「どこで見つかったんだ」

「詳しくは知りませんが、旅の絵師が隅田川《すみだ》で写生をしていたら近づいて来たっていうんですがね」

「ふむ。ではその絵師が婆さんのところに犬を連れて来たと言うのだな」

「そのようです」

「まてよ……どこでどうやって、婆さんところの犬だとわかったんだ」

「さあ……」

「まさかそ奴は、犬を盗み出しておいて、素知らぬ顔して見つかったなどと申しているのではあるまいな」

「でも、なんのためです、旦那」

「決まってるじゃないか、礼金をたっぷりせしめるつもりだったんだ」

多聞は膝を打って、同調を求めるように新八郎を見た。

「確かにな。俺と多聞がこの三日、散々探したのに、権蔵を見たという者は一人もいなかった。隅田川堤もくまなく探している」

「やっぱり……」

仙蔵は意味ありげに手を打った。

「何かあったのか」

多聞が聞いた。

「へい。その絵師ですが、ちゃっかりもう、ご隠居の客人として家に上がり込んでおりますぜ」

「うろんなやつめ……」

多聞は不審な面持ちで新八郎を見た。

「絵師の国川春清《くにかわはるきよ》と申します。しばらく逗留《とうりゅう》させていただくことになりました」

青っちろい顔をして、ひょろりと背の高い男は、おきんに紹介されると笑みを湛《たた》えて新八郎と多聞に言った。

「うむ。俺は青柳新八郎、そしてこちらが八雲多聞という」

新八郎はおきんの手前、一応自己紹介したのだが、春清と名乗る目の前の男が、なぜにこの隠居屋敷に入り込んできたのか、先程から考えていた。

――権蔵を連れてきた手柄があるとはいえ、この難しい婆さんによくもうまく取り入ったものだ。

なにしろ、新八郎と多聞が隠居屋敷に戻ると、もう早速に、屋敷の一番日当たりのいい客間が春清の部屋に早変わりしていたのだから驚く他はない。

春清はさっぱりとした身なりで、縁側に面する一角に毛氈を敷き、そこに画材一式揃《そろ》えて貰って座っていたのである。

「春清さんは若い頃から絵師を志して諸国を回っていたようですが、このたび、体調を崩されてこの江戸に十年ぶりに戻ってこられたのだという話でした。そういうことならここで暮らして病気も治して、それに、及ばずながら私も応援させて頂き、絵師としての名も挙げて頂きたい、そう思いましてね」

とおきんは言うのである。まるで家出していた亭主が帰ってきたような、はしゃぎぶりである。

「ふむ、事情はわかったが、十年も修行したんだ。さぞかし数多《あまた》のいい絵を描いたのではないか。いったいどんな絵を描いてきたのだ」

不躾《ぶしつけ》な質問をしたのは多聞だった。

実際、春清なる男の身辺には、一枚の絵も見えなかったからである。

「あくまで修行ですから、宿場の様子や春秋の草花も描いてきました。飯盛女の美人画も描きました」

「飯盛女の美人画だと」

多聞がくすりと笑った。

「金が欲しかったですからね。乞われれば何でも描きました」

「ほう……是非見せて貰いたいものだな」

多聞が畳み込む。

「私を疑っているんですか」

春清はむっとして、その顔をおきんに向けた。おきんに助け船を求めていることは明らかだった。

「八雲様、春清さんは、描いた端からそれを売って暮らしてきたんです。後々残るような絵を描くのはこれからです。そうですね、春清さん」

やはりおきんは春清の肩を持った。

多聞はあきれ顔で口を閉じた。

それで互いの紹介は済んだことになったが、おきんは以後、春清を下にもおかない扱いで、さほどの日数を要することもなく、春清は隠居屋敷で新八郎や多聞を見下すような素振りをみせるようになっていった。

「新八郎、悪いが俺はおりる。あんな奴と同じ屋根の下にいるのなんてまっぴらだ」

多聞は何か腹に据え兼ねることがあったようだ。

「まあ待て多聞、仕事だと割り切ってくれ。実は俺も、あの男に不審を持っている。持っているが首根っこをつかまえるまでは引けぬ。手伝ってくれ」

「婆さんの自業自得だ」

「多聞……お前が助っ人してくれたあの寄り合いからの帰りの晩に起きた事件も、何もまだわかっていないのだ。おきんが誰かに狙われているのは間違いない。それをわかっていて投げ出すことはできぬよ」

「新八郎……」

「あれから鳴りを潜めているのも不気味じゃないか」

「…………」

「町方の役人に聞いたのだが、おぬしが捕らえたあの二人、今小伝馬町にいるらしい。その後の調べで、少しわかってきたことがある」

「何だ」

「あの二人に金をつかませて、ご隠居の襲撃を頼んだ張本人の男のことだが、その男を連れてきた者がトヨさんと呼んでいたようだ」

「トヨさんか……何者だ」

「わからぬ。二人は賭場の外の暗闇で会ったというのだ。それも相手は手ぬぐいで顔を隠していたらしいからな」

「…………」

「あの二人に駕籠屋の足を狙わせたのも、その者の指図だったようだ。二人に駕籠屋を襲わせておいて、もう一人におきんの命を狙わせる、そういう段取りだったようだ」

「すると何か、あの舟の中で待機していた着流しの男がすべての絵図を描いた張本人というわけか」

「おそらくな」

「………」

「いや、これはおぬしに話そうと思っていたのだが、おふさの話では、春清は画材を買いに行くとか、薬を買いに行くとか言って出かけるらしいが、帰ってきた時の様子では、そんな物は何も買わずに手ぶらで帰ってくるそうだ」

「まことか」

「外の誰かと連絡をとっているのかもしれぬ」

「すると、婆さんは、あ奴に騙《だま》されているのか、そういうことか」

険しい顔で見返して来た多聞に、新八郎は神妙に頷いてみせた。


「何、ご隠居が帰ってこぬ」

新八郎は玄関に出て来たお美根《みね》という女に聞き返した。

朝の四ツに、新八郎はおきんをこの林町一丁目の竪川沿いの大きな屋敷に送り届けている。

屋敷は、おきんの住まいの二倍はあろうかと思える邸宅だった。

おきんはこの家に持参するために、昨夜からおふさの手も借りずお花見弁当のような豪華な折り詰めをつくっていたが、今朝になると新八郎一人を連れて、浮き浮きしながらこの屋敷を訪ねて来たのである。

帰りは七ツ過ぎだから、その頃に迎えに来てくれ、それまで放っておいてくれとおきんは言った。

「先方に、心配をかけたくないからね」

おきんは、新八郎に送られながら、道々そんな心配りもみせていた。

「ご隠居、立ち入ったことを聞くが、これから向かう先とはどういう間柄なのだ。念のために教えてくれ」

新八郎が聞いてみると、

「恩人ですよ。私たち夫婦にすぱっとえびす屋の暖簾《のれん》を譲って下さったお方の家です」

と思いがけないことを言ったのである。

おきんの話によれば、今から十五年前、おきん夫婦は餅菓子の担い売りをしていた。

裏店《うらだな》住まいからの出発で、資金もなく、ただ一つの取り柄といえば、どこの店にも負けない独特の餅菓子をつくっていたことである。

上質の柔らかくて薄い餅皮をつくるのに腐心し、餡《あん》も選別された小豆を使い、砂糖は讃岐《さぬき》の上白と、採算に合わないような上質の材料を使っていた。

「どこの店にも負けねえ。どんな大きな店の餅菓子よりうちのがうめえ。お前もそう信じて売るんだ」

亭主の権蔵はそんな信念に徹していた。

ある春の花見の季節のこと、隅田川堤で餅菓子を競いあう展示即売会があった。有名な餅菓子屋が、堤に露店をずらりと並べたその中に、当時両国で『えびす屋』の暖簾をかけていた、先代惣兵衛《そうべえ》も出品していた。

おきんと権蔵夫婦は、むろんそんな展示会に出品できる店じゃない。だから会場の入り口でひっそりと店を張った。

『雪餅』と書いた手作りの粗末な幡《はた》をたてた。

有名な菓子店の展示即売会に足を運ぶ顧客を、一人でもつかまえたい、そんな祈りにも近い願いが夫婦にはあった。

一度お客がつけば、必ずこの餅菓子を好きになってくれるという自信があったからである。

屋台の店を出して三日目のことだった。

その日は展示会の最終日でもあったのだが、店の前に仁王のように立った男がいた。

それがえびす屋の惣兵衛だった。

おきん夫婦はてっきり苦情を言われるのだと思っていた。なにしろ展示場の側で無断で店を張るということは、商売の邪魔をしているのと同じだからだ。

だが惣兵衛は、

「雪餅をひとつ」

そう言って手を出した。

おきんが、おそるおそる差し出すと、惣兵衛はひと口ぱくりとやって、

「うん……うまいな、これはいい」

味を噛みしめるように頬ばり、後で店に寄ってほしい、話があると言ったのである。

その話というのが、えびす屋の店をやってくれないかということだった。

惣兵衛の話によれば、惣兵衛には与之介《よのすけ》と美根という子供がいるが、美根を葉茶屋『山城屋《やましろや》』に嫁がせたばかりなのに、突然跡取り息子の与之介が餅菓子の商売を嫌って家を出た。

えびす屋は父親がおこした店だ。自分の代で閉めるのも忍びないと思っていたが、あんた方二人になら暖簾を譲ってもいい、店もそっくり渡すから、えびす屋の屋号を守ってくれないかと言われたのである。

目玉が飛び出るほどびっくりしたが、事情を聞いた権蔵は、この話を受けた。

そうして店を譲り受けた権蔵は、両国に一店舗だったえびす屋を、日本橋と浅草にも開店し、ゆるぎない餅菓子屋の地位を築いて死んだのである。

一方の惣兵衛は、年老いて近頃では惚けたようになっている。

ただ、幸か不幸か娘の美根が離縁されて帰ってきて、手慰みに三味線の師匠などしながら、おきん夫婦が用意した広い屋敷で父親の惣兵衛と暮らしてくれている。

それでおきんも、月のうち一度か二度、花見弁当をつくって惣兵衛を訪ね、昔を偲《しの》んで過ごすのだということだった。

七ツの鐘が鳴るまで来なくていいと言われていた新八郎は、長屋に立ち寄って下帯などを洗濯し、一服した後迎えに来たのだが、こんなことなら屋敷の近くで見張っていれば良かったと、後悔が頭を過《よ》ぎった。

「すみません。一刻ほど前に表を焼き芋屋さんが通ったのですが、父親が突然、焼き芋を食べたいなんて言い出しましてね。それでご隠居さんは焼き芋屋さんを追っかけて外に出ていかれたんです。ところがいつまでたっても帰ってこなくて、私も外に出てみたのですが、ご隠居様の姿はもうありませんでした。不思議なこともあるものだと、ひょっとしてのっぴきならない用事でも出来たのかと思ったのですが、それなら私にひと言ある筈です。それで私、今からご隠居さんのお住まいをお訪ねして、安否を確かめようとしていたところでした」

お美根はそんなことを言うのであった。

「しまった」

新八郎は表に飛び出した。

屋敷の外は川端の大通りだが、どこを見渡しても、おきんの姿は見えなかった。

「青柳様とおっしゃいましたね」

振り向くと、お美根が立っていた。

「ご隠居さんの身辺に何か懸念するようなことが、あったのでしょうか」

お美根は、不安な顔をして言った。

「うむ……おきんは命を狙われていた」

「まあ……誰からですか」

「わからぬ。あの通り口の悪い婆さんだからな」

「いいえ。それはご隠居さんを知らない人のいうことです。私たち親子が結構な暮らしができますのも、すべておきんさんのお陰です。人情の厚い方なんです。ご隠居さんに何かあったら……」

お美根は、はっと気づいて竪川の河岸に走った。

二ツ目橋の近くにはしけがあり、その側に小さな小屋がある。

お美根はその小屋に駆け込んだ。

「青柳様！」

だがすぐに小屋から出てくると、新八郎を呼んだ。

新八郎が河岸におりると、小屋から白髪頭の爺《じい》さんがのっそりと外に出て来た。

「民次《たみじ》さんです。みんなは民爺と呼んでいます。この辺りの川のごみをとって下さっている人なんですが、ご隠居さんに似た人が、近くの岸から男たちに舟に乗せられるのを見たと言うんです」

お美根が言った。

「爺さん、まことか」

「へい」

民爺は、虚《うつ》ろな目で新八郎を見返すと、

「舟は猪牙でした。そうだ、男が二人……」

「武士か町人か」

「町人だったと思いやす」

「舟はどっちに向かったのだ」

「へい。大川の方でさ。だけんど……」

「なんだ」

「ご隠居さんの様子ですよ。声を立てるわけでもなく、素直に舟に乗ってましたからね。姉さんがおっしゃるような、さらわれたなんて感じじゃござんせんでしたがね」

　民爺は首を傾げた。

五

「ふーむ……しかしだな、この時刻になっても、何の連絡もなく、本人も帰ってこないとなると、新八郎、やっぱりこれはかどわかしじゃないのか」

　多聞は言い、行灯の向こうから新八郎をちらりと見た。

多聞の横には、いったん手を引いた筈の仙蔵も、新八郎の知らせで飛んできてくれていた。

仙蔵にしてみれば、料理屋高島で散々ご馳走《ちそう》を振る舞われた恩義がある。

三人が顔をつきあわせて、今後の手立てを話し合っていたのだが、これといった良い案は浮かばなかった。

すでに夜も五ツ、夜のしじまに庭で鳴くこおろぎの声ばかりが耳に障る。

多聞は、新八郎の返事を待たずに、また言った。

「やはり番屋に届けた方がよい」

「いや、待て多聞。俺は民爺さんの言ったことが気にかかる」

「格別騒ぐでもなく、おきんが舟に乗ったということか」

「そうだ。その男たちは、おきんの知ってる者たちだったんだ」

「まさか……もしそうなら、これがかどわかしだったら、面が割れてしまった人質は殺すのが常套《じょうとう》だ。そうか……何の要求もしてこぬところを見ると、おきんはもう、殺されているかもしれぬぞ」

多聞は恐ろしい推理をした。

「青柳様……」

その時である。

三人の膝前にある茶をいれかえていたおふさが、思い出したように顔を上げた。

「これは、このたびのご隠居さんのことには関わりのないことかも知れませんが、出入りの植木屋さんに法恩寺橋でばったり会って、妙な話を聞いたのですが」

「何だ、言ってみろ。まんざら関係ない話でもないかも知れぬ」

「犬の権蔵のことですが、春清さんは隅田川堤で権蔵をつかまえたとおっしゃっていましたが、植木屋さんがおっしゃるのには、春清さんが権蔵とあった日の前日に、全く違う場所で、男の人が権蔵を散歩させているのを見たとおっしゃるんです」

「どこだねその場所は」

「柳原堤です」

「何……植木屋の見間違いじゃないのか」

「植木屋さんは、権蔵を良く知っています。権蔵のような顔を持つ犬は探したってそういません」

「ふーむ、どんな男だと言っていたのだ」

「お店者《たなもの》のようだったたって……」

「お店者……よし、春清をここへ呼んでくれ。確かめればわかることだ」

「それが、夕方出かけたっきり、帰ってきていないんです」

「新八郎……」

多聞が険しい顔で新八郎を見て、

「やっぱりあいつはおかしいぞ」

新八郎も頷いた。

すると、それを聞いていた仙蔵が、

「実はあっしも、こんなことを言ってもいいものかどうか迷っていたんですがね……」

思案の顔を向けた。

犬の失踪《しっそう》騒ぎの少し前の話だが、神田川の北側に八名川町という町があるが、その裏店に白粉を売りに行った時、得意先の一人であるお里《さと》という女の家から、諍《いさか》う声が聞こえて来て、思わず立ち聞きをした。

お里の家の客人が男だとわかったからである。

諍いとはいえ妙に淫靡《いんび》な感じがして聞いてしまったのだが、その時お里は、

「恨みを晴らすなんて、そんなこと考えちゃ駄目よ。そんなことより、人には真似の出来ないその腕で、きっと成功してみせるって言ったじゃない。それを忘れた

の」

相手の男を諭すように言ったのだが、男は、捨て台詞《ぜりふ》をお里に吐いて外に出て来たのである。

仙蔵は、慌てて荷物をしょったまま背を向けたが、ちらと横目で見たその顔が、後にこの屋敷で会ったあの春清にそっくりだったと言うのであった。

「春清に似ていただと……」

多聞が険しい目を向ける。

「その男は、あっしに顔をそむけるようにして帰って行ったんですが、この家で春清に会った時、すぐにその時の野郎だって思い出しやした。ただ、ご隠居があんまりあの野郎を信用しているようでしたからね、水を差すようなことは言いたくなかったんでござんすよ」

「仙蔵、そのお里という女の家に案内してくれ」

「へい」

「新八郎、俺は植木屋を当たってみる」

多聞は言い、立ち上がった。

「突然の話で申し訳ねえが、お里さん、あの時ここから飛び出していった男は、春清さんという絵師ではなかったのですかい」

仙蔵は、新八郎をお里の長屋に案内すると、上がり框に膝を揃えて出迎えたお里に言った。かどわかされた老女の家に居候していた絵師が、この家から出て行ったのを見た記憶があるが、同一人物ではないのかと問い質《ただ》したのである。

単刀直入な質問だった。

お里は警戒するに違いないと思っていたが、意外にも神妙な顔をして新八郎と仙蔵を仰ぎ見て、こっくりと首を振った。躊躇《ちゅうちょ》することなく頷いたその顔には、静かな決心がみてとれた。

「そうか、やっぱりそうだったのか。で、あの時、あの男が恨みをどうのこうのと言っていたようだが、春清という人は誰を恨んでいると言ったんだね」

「その、いまお話に出た、えびす屋のご隠居さんです」

お里は悲しげな目で言った。

「お里と言ったな。春清とえびす屋のご隠居とは、どういう因縁があるのだ。教えてくれ」

「春清という名は雅号です。本当の名は与之介といいます」

「与之介……するとなにか、先代えびす屋の倅《せがれ》か」

「はい」

「なんと……」

驚愕《きょうがく》して見た新八郎に、お里は申し訳なさそうに頷くと、

「もうずいぶん昔の話になりますが、私と与之介さんは言い交わした仲でした。でも与之介さんは餅菓子を作るのが大嫌いで、お店はお姉さんのお美根さんにやってもらって、自分は絵師になるんだって言っていたんです……」

ところがそのお美根にはいい人がいて、さっさと嫁に行ってしまった。

何も知らない父親の惣兵衛は、与之介を跡取りにしようとやっきになったが、父親がそうすればするほど与之介は絵師への道に憧《あこが》れた。

父親と顔を合わせるたびに喧嘩《けんか》になる。

ついに与之介は家を飛び出したのである。

お里が与之介が京に滞在していると知ったのは、与之介から与別れの手紙を貰ったからで、いっぱしの絵師になるまでは、江戸には戻らないと書いてあった。

しばらくして次に手紙が来た時には、東北のさる藩からだった。

名も国川春清と改めたとあったが、突然江戸に舞い戻って来たのは、ある商人か

ら、えびす屋の話を聞いているうちに、えびす屋はとうの昔に人手に渡っていると聞き、父の無念を晴らそうと思ったというのである。

「あの人は、いずれ実家の財を元手にして、自分が描く絵の出版を考えていたらしいのです。勘当同然で家を出たとはいえ、そこは親子、自分の力になってくれるに違いないと……」

「すると、ご隠居の家に、火縄をつけた猫を放したり、火札を張ったりしたのは与之介の仕業か」

「いいえ、それはご隠居さんを恨んでいる別の人ではないかと思います。与之介さんはその人を知っているらしく、あんな生っちょろいことでは駄目だなんて、そんなことを言っていましたから……」

「ご隠居を恨んでいる別の人というのは……誰だ」

「…………」

「お里、与之介のためだ。言ってくれ」

「鶴《つる》屋と言ったような気がします」

「鶴屋……」

「はい」

「何処《どこ》の鶴屋だ」

「さあ、それは……」

「で、与之介は今どこにいる」

「わかりません。ここには帰ってきていませんから」

「待てよ……旦那、ここから目と鼻の先、神田川の向こうにある豊島町に鶴屋という餅菓子屋がありますぜ」

仙蔵が声を上げた。

その時だった。

「その通りだ。おい、入れ」

多聞が一人の男を、突き出すようにして連れて来た。

「いててて、何するんですか」

男は土間に転げて多聞を振り仰ぐ。必死で強がりを言ってるようだが、その実多聞が恐ろしくて立ち上がれぬようだ。

土間に座ったまま、ふて腐れたような顔をして見せた。

「うるさい。ここで何もかもしゃべっちまえ」

多聞は男の頭をごつんとやると、ぐいと睨み据えて威嚇《いかく》してから、新八郎に向いた。

「こいつが餅菓子屋の鶴屋豊次郎《とよじろう》だ」

「ふむ。するとお前が犬の権蔵を連れて歩いていた者か」

「……………」

「白状しろ、ちゃんと見た者がいるのだ」

多聞の怒鳴り声に、豊次郎は慌てて首を縦に振る。

「新八郎、この男が、猫の首に火縄をつけたり、火札を張ったり、金で雇った男たちに寄り合い帰りの婆さんを襲わせたりした男だ。それでも婆さんが動ぜずと知るや、権蔵を盗み出した。騒ぎがおさまったところで、権蔵を連れて行き、たっぷり礼をせしめようと考えていたらしい。そうだな」

多聞は話の途中で、首を竦《すく》めて聞いている豊次郎に念を押した。

豊次郎はびくっとして頷くと、

「血も涙もない婆さんを困らせてやりたかったんだ」

喚くように言った。

「一体何の恨みがあるのだ」

「ふん。旦那方は知らぬことだが、あの婆さんは口先では隠居したなどと言っているが、餅菓子屋仲間ではいまだに力を持っている。仲間うちでやっている頼母子講《たのもしこう》も婆さんが仕切っている。いざという時にはそこから融通してもらうことになってるんだ。ところがどうだ。私がその金を融通してもらおうと思って申し入れたら、あの婆さん一人が頑固に反対したために、お流れになったんだ。お陰で鶴屋は明日どうなるかわからない程窮地に立たされている」

「それは、お前が商いを疎《おろそ》かにして、博打場に出入りしていたからじゃないのか。俺の調べではそうだ。悪いのはお前じゃないか」

「博打は……ちくしょう、婆さんが金を貸してくれないから行ったんだ」

豊次郎は臆面《おくめん》もなく泣き声で訴える。

「まったく……」

多聞はあきれ顔で豊次郎を見下ろした。

「旦那、これくらいにして下さいよ」

「駄目だ、そうはいかん。豊次郎……理由はどうあれ、お前が雇った男たちは、おきんの命までとろうとしたんだぞ」

「そ、それは……それは俺の指図じゃない」

「誰の指図だ……言ってみろ」

新八郎が言った。

新八郎は、豊次郎と顔を合わせるように腰を落としてしゃがみ込むと、動揺を隠せない豊次郎の顔をじっと見た。

「こ、こちらのご浪人にも申しましたが、春清、いいや、与之介さんですよ」

「ほう……与之介がな」

「そ、そうだ。私が盗んで来た犬も、自分が隠居の家に入り込むための道具に使うと言っていた。婆さんの身近にいて、かどわかすためだ」

「やはりな……狙いは金だな」

「はした金じゃない。婆さんの命と引き換えに、店一軒ぶん、それも両国の昔のえびす屋を返して貰うのだと……」

「自分で捨てた家を返せだと?……虫のいい話だな」

「私が言ったんじゃない、与之介さんが言ったんだ」

「よしわかった。ところで与之介は今どこにいる。ご隠居はどこに連れていかれたんだ」

「知らん。かどわかしを本当にやったなんて知らなかったんだ。ましてどこにいるなどと聞かれても……」

知らないと言った目が、空の一点を見て止まった。何かを思い出したようだった。

「何だ。包み隠さず話すのだ」

多聞の畳みかけるような強い語気に促されて、豊次郎はぽろりと言った。

「和泉《いずみ》橋の南袂《たもと》の河岸に荷物を保管する小屋がある。ひょっとしてそこにいるのかも……」

豊次郎は言いながら、怯《おび》えきった目を新八郎に向けた。

六

おきんは、浅い眠りから覚めた。

覚醒《かくせい》させたのは、懐から漂ってくる微かな焼き芋の香りだった。

この和泉橋の側にある小屋に入れられたのは昨日の夕刻、おきんをここに押し込んだ春清は、おきんを後ろ手に縛り上げ、猿轡《さるぐつわ》をし、見張りの男二人を小屋の外に残してすぐにどこかに出かけて行った。

おきんは暮六ツの鐘を聞き終わると、小屋の扉に歩み寄って、思いっきり木の扉を蹴っ飛ばした。

小屋の外に驚いたような物音と、小さく言葉を交わし合う男たちの声を聞いた。

――年寄りだと思って、馬鹿にするんじゃないよ。

おきんはまた木の扉を蹴った。

爪先《つまさき》で蹴ると痛いので、足の裏で踏み抜くように何度も蹴った。

ついに扉が開いて、

「静かにしろい」

薄闇を背中にしょった男が入って来て、おきんを睨んだ。

「うーうー」

ここぞとばかりにおきんがうなり声を上げると、何だどうしたんだと、男たちは頷きあって、おきんの猿轡を取った。

「年寄りは水を飲まなかったらすぐに死んじまうんだが、それでもいいのかい。困るんだろ。そこで相談なんだが、私の懐にあるお金で、あんたたちは寿司と酒を買ってきなさい、おごるよ私が……そのかわり、私には水を少し買ってきておくれでないかい」

「ほんとかよ、婆さん」

団子鼻の目の細い男が、にやりと笑っておきんに言った。

その時渡した財布はとられてしまったが、おきんは一椀《わん》の水はもらって飲んだ。それでなんとか一時を凌《しの》いだが、さすがに体力を失っていくのがわかる。

――それにしても国川春清こと、先代えびす屋の一人息子がなんという馬鹿なことを……。

おきんには、人を使ってまでして自分を無理矢理ここに押し込んだ与之介のことが気がかりだった。

えびす屋の暖簾を継いでくれないかと惣兵衛から話を持ち出された時、おきんも亭主の権蔵も、惣兵衛の家の、のっぴきならない事情に気持ちを動かされたのである。

跡取りの倅には家出をされ、勘当の届けまで出していた。娘は嫁にやっており、内儀は病に伏せっていた。

あの時、暖簾を捨てるか、誰かに後を頼むか、惣兵衛は切羽詰まっていたと思える。

なにより、この世の偶然に驚いたのは、惣兵衛が勘当したという倅の与之介のことだった。

おきんと権蔵夫婦の間にも、吉之助《きちのすけ》という倅と、お花《はな》という娘がいるが、実は吉之助の上に与之助という倅が居たのである。

だが与之助は、僅か五歳ではやり病で亡くなっていた。

与之介と与之助、一字違いの名前にも驚いたが、誕生月が三月だというのも偶然で、妙な因縁を感じずにはいられなかった。

そう思ってみてみると、おきんの倅の与之助も、幼いころなかなか言うことを聞かなかったという記憶があった。

勘当されたという与之介が、自分が産んだ与之助のように思えた一瞬だった。

えびす屋の暖簾をもらったおきんと権蔵は、その後がむしゃらに働いて、日本橋と浅草にえびす屋の支店を持つまでになった。

いま日本橋の店は倅の吉之助がやっているし、浅草の方はお花夫婦がやっている。

本店に当たる惣兵衛の店については、惣兵衛の代から奉公していた番頭にやらせており、いつか与之介が舞い戻り、店を継ぐ気になった時には、番頭には暖簾分けをして他の場所で店を持たせ、本店は与之介に渡してやろうとおきんは考えていたのである。

ところが、あろうことか、その与之介は犬をつかまえたと言い、春清の名を名のって隠居屋敷に現れた。

苦労して身代を大きくしてきたおきんには、春清なる男の魂胆《こんたん》がすぐに読めたが、その男が惣兵衛の倅の与之介かも知れないと、実は最初から勘づいていたのである。

春清は、けっして惣兵衛の倅だとは言わなかった。隠していたのである。しかしおきんはひと目見て、鷲鼻《わしばな》や眉《まゆ》の黒々としているところ、頬骨の具合、全体の顔の相の成り立ちまで、惣兵衛にそっくりだったと思ったのである。

勘当された身の上を隠して居候を始めた与之介に、おきんは哀れを感じていた。

ひょっとして亡くなったあの子も、生きていれば、この与之介のような人生を送っていたのかもしれない。

そう思うと、目の前にいる与之介を、きっと一人前の絵師として世間に認めさせ、その後で、惣兵衛と対面させてやりたいなどと、その日の来るのを、密《ひそ》かに楽しみにしていたのであった。

しかし、与之介は、おきんのそんな思いやりなど感じ取れなかったとみえ、突然牙《きば》を剝《む》いて向かってきた。

おきんは焼き芋を買った直後に、某所で与之介が待っていると囁《ささや》かれて猪牙舟に乗った。与之介を疑いたくなかったのである。だが、ここにこうして縛られて閉じ込められてみると、与之介が自分をいかに恨んでいたのか、いや、心が捩《ね》じれてしまっているのかひしひしと思い知らされる破目になった。

——このことは、口が裂けても惣兵衛に知られてはならない。惚け始めたとはいえ、知れば悲しみにくれるに違いない。

おきんの頭にあるのは、そのことが第一だった。

「おい、婆さん。起きるんだ」

横になっていたおきんの頰が、ぺたぺたと叩かれた。

頰を床につけたまま、目だけを動かしてその人物を見た。

与之介だった。

おきんの頰を叩いたのは、与之介の手にある巻き紙だった。

与之介は、懐から匕首を引き抜くと、おきんの腕を縛っている縄を切った。

おきんは、力をこめてようやく起き上がった。

動きの取れなかったこわ張った体が、ばりばりと音を立てた。

「命が惜しかったら証文を書くんだ」

与之介は、腰から携帯の筆一式を取り出すと、紙と一緒におきんの膝の上に置いた。

「いいか。俺の言う通り書くんだ」

「…………」

「えびす屋の本店は、惣兵衛の息子、与之介にお返し致します。そう書くのだ」

「与之介さん……」

　おきんは悲しい目で与之介を見た。

「なんだよその目は」

「亡くなったおっかさんが泣いていますよ」

「何……」

「おっかさんにかわって私が言わせてもらいますよ。与之介さん、いいですか。こんなことをしては駄目……せっかく磨いてきたその絵師の腕を捨てるんですか。お店だってね、あんたが餅菓子屋をやると言うのなら、渡してあげようと思って待っていたんですよ」

「嘘《うそ》をつくな」

「嘘ではありません。おきんは嘘は嫌いですからね。脅《おど》されたからといって、考えを変えたりしません。あんたが私の倅でも、おんなじです」

「ふん、書かないって言うんだな」

「書きませんね。あんたのためだ。気に食わないのなら、煮るなり焼くなりするがいいさ」

おきんはそっぽを向いたのである。

「このアマ！」

与之介がおきんの襟首《えりくび》をつかんだ時、

「与之介、止めなさい」

新八郎と一緒に姉のお美根が走り込んで来た。

その後ろには多聞が見える。

「姉さん……どうしてここに」

呆然《ぼうぜん》と見返した与之介に、お美根は走り寄り、

「馬鹿、なんてことしてくれたの」

お美根は与之介の頰を張った。

「何するんだ！」

「何するもないでしょう。後ろに手が回るようなことをして、それも恩義のあるおきんさんに……お前がそこまで性根が腐ってしまったなんて、姉さんは悔しい……」

「姉さん、姉さんは悔しくないのかい。えびす屋を乗っ取られて」

「馬鹿なことを。お前が勝手なことするから、おとっつぁんがおきんさんご夫婦に頼み込んで暖簾を守ってきてもらったんですよ」

「嘘だ」

「嘘なもんですか。暖簾を守ってくださったばかりか、私たち親子を何不自由のない暮らしにおいて下さって、それに、お前のためにって、お前が帰ってきた時に居場所があるようにって、両国のお店の沽券は、おとっつぁんの名義のままなんですよ」

「婆さん……婆さん本当か」

「確かめてみたかったら、おとっつぁんに会っておやり。あんたのおとっつぁんに、沽券は渡してあるんだから」

「婆さん……」

「何見てるんですよ。穴が空くじゃないか」

「…………」

「いいんだよ。あんたは、あたしの倅だ。あんたのおっかさんが亡くなってからは、ずっとそう思ってきたんだから。倅のためにこの先を考えてやるのは母心なんだから……そのかわり、いいかい。あたしが足腰立たなくなったその時には、おしめを代えてもらうからね。覚悟しておくんだね」

「婆さん……」

与之介は、きょとんとして、おきんを見遣《みや》った。

「あたしゃまだ若いんだ。これからは、そうだねぇ。おっかさんと呼んでおくれ」

「お、おっかさんだと……」

与之介は、きつねにつままれたように呟くが、久し振りに口にした言葉に、思わずじんと胸をつかれたようだ。

「おっかさん……」

与之介はもう一度呟いて、頭を垂れると肩を震わせた。

「お美根さん……」

おきんは、ふところからぺしゃんこになった焼き芋を出してお美根に渡した。

「惣兵衛さんがお待ちかねだってのに……こんなになっちまった」

おきんは苦笑いをして大あくびをしたのである。

「さて、青柳様……」

しゃっきりと立って外に出ると、

「青柳様、あなたは私にはもったいない用心棒でしたよ」

にやりと笑った。

新八郎が初めて聞いたおきんの素直な言葉だった。

「ご隠居、この男たちだが、どうする」

多聞と仙蔵が、見張り役の男二人を足元に転がして、新八郎とおきんの出て来るのを待っていた。

「放していいよ。どこへでもいくんだね」

おきんは言い、くるりと背を向けると、すたすたと和泉橋に向かって行った。

「今度あの婆さんを狙ったら、命はないぞ。行け」

多聞の言葉に、二人は転げるようにして、走り去った。

新八郎は苦笑して男たちを見送ると、その目をおきんの背に向けた。

おきんの背は小さかった。

口は悪いが、紛れもなくおふくろの背だと思った。

第四話　照り柿

一

「姉上が生きているのか死んでいるのか、どこでどうしているのか消息を知りたいと思う気持ちはわからない訳ではありませんが、お伝えした通り、私は父上から姉上のことについては何も聞いてはいないのです」

狭山弦之丞《さやまげんのじょう》は、口をへの字に曲げると、よそよそしい目で新八郎《しんぱちろう》を見た。

弦之丞の声は小さかった。押し殺した声だった。だが、歯切れは良かった。きっぱりと事実を新八郎に伝えて、自分は何も知らぬということを納得して貰《もら》わなければ、そんな気配が感じられた。

弦之丞は、新八郎の心中を思いやるよりも、隣家に姉の失踪《しっそう》という恥ずかしい話が聞こえはしないかと、そっちの方に神経をとがらせているのであった。

二人がいるのは、陸奥国平山藩《むつひらやま》上屋敷の狭山弦之丞の長屋である。

義兄とはいえ浪人姿の新八郎が、自分の長屋に訪ねてきただけでも疎《うと》ましいのに、その上に姉の話を持ち出されては迷惑千万、弦之丞はそんな顔をした。

眉が薄く細長い目をしたこの男は、その人相のせいもあるだろうが、自分の体裁だけにこだわっている。

これが失踪した妻志野《しの》の実家である。情けない限りであった。

――いくら血の繋がりがないとはいっても、風馬牛《ふうばぎゅう》だとばかりの物言いでは志野がかわいそうではないか。

そう思うと、改めて志野のおいたちが思いやられる。

志野の父作左衛門《さくざえもん》には子はなく、志野は幼い頃に養女になっている。

だが新八郎の父との約束で、作左衛門は志野を新八郎に嫁がせると、新たに養子を貰って、その男子に家を継がせた。

それが弦之丞で、志野との深い姉弟としての接点はない。

それにしてもだ。狭山家を継いだ以上は、姉のことも知らぬ存ぜぬではすまされまい。

「何もご存じないとな……」

新八郎が、じろりと弦之丞を見返すと、

「さよう、何もです。姉上の親しかった友人はどこの誰で、姉上にどんな癖《くせ》がありなにを好ましく思っていたのか、訪ねる先はあったのか、本当に何も知らぬのです。何度ここへ参られても同じでござる」

弦之丞は、婚家を黙って飛び出したような姉とは、かかわりを持ちたくないと言いたいらしかった。

新八郎は、目の前にいる男に、憤りさえ感じはじめていた。

新八郎の家を飛び出した志野が、ただひとつ頼ることのできる実家がこれでは、志野の今の暮らしが知れようというものである。

志野は初手《しょて》から弦之丞のところへなんぞ来る気はなかったのだ。

けっして胸襟《きょうきん》を開いて、悩みを打ち明けるような姉弟ではなかったことを、新八郎は改めて知った。

新八郎の胸は、切ない思いに覆われていた。

「親父殿が住まわれていた長者町だが、何度か歩いてみたが、どの家に住んでいたのか見当もつかぬ。それだけでも教えてくれぬか」

「それでしたら、私がこちらに移り住んでまもなく家は壊されたようですから」

「ふむ。ならばその場所を地図に描いて貰えぬか」

「誰もそこにはおりませんよ」

「わかっている」

「では暫時お待ちを……」

弦之丞はそう言うと、文机《ふづくえ》の前に行き、すらすらと筆を動かして、長者町の絵図面を描いた。

そして新八郎に手渡すと、

「昔の面影はありませんよ」

余計なお世話の一言を発した。

「しかし、狭山家を知っている人間がまだ近隣にいるかもしれぬよ。まっ、何もつかめぬのならそれでもいいのだ」

新八郎は、弦之丞の投げやりな物言いを、そんな言い方で押し返すと、弦之丞が差し出した半紙を折り畳んで懐にしまった。

――何もわからなくとも、それでも少しは気がおさまる。

「邪魔をした」

新八郎はそれで立ち上がった。

弦之丞は、ほっとした表情をみせた。

——もう、この男に会うことはあるまい。

そんな気持ちで、新八郎は藩邸を後にした。

しかし、弦之丞が記してくれた、志野が幼少を過ごした場所は、付近一帯が取り壊され整地されていた。そして新しく建てられた小商いの店が並ぶ横丁になっていた。

懐の紙を何度見直しても、弦之丞の言ったとおり、昔の面影はない。

江戸は日々変貌《へんぼう》する。その思いを強くした。

とはいえ、志野が失踪したのは作左衛門が亡くなったと知らせを受けた直後、たかだか三年前のことだ。

失踪した志野が、こんな町の変貌など少しも知らずにこの場所を訪ねてきたことは十分に考えられる。実際国の者が、江戸で志野らしき女とすれ違ったとされる所も、ここからそう遠くない。

自分が立っているこの場所に、志野も佇《たたず》んでいたかもしれぬのだ。

新八郎は、辺りを見渡した。

新しい商店ではなく、近くの古い店を当たってみようと思い直した。

横丁の入り口まで引き返して小さな酒屋に入った。

「主《あるじ》、ちと尋ねたいことがあるのだが……」

新八郎は、前垂れで手を拭《ふ》きながら出てきた愛想のいい主に言った。

「三年前までいま横丁になっている場所の町家に住んでいた狭山という武家を知っているか」

「はい。よく利用して頂いておりましたが」

「そうか、その家に奉公していた者の行方を知らぬか」

「さあそれは存じません。たしかおまちさんといったと思うのですが、家主さんの口利きで通い奉公していた中年の女のひとがおりましたな。その人が手前の店にもよくお酒を買いに来ておりました」

「そうか、家主の世話でな……で、家主というのは何処の誰だ」

「はい。そこの横丁一帯の土地は、大伝馬町の呉服屋『伏見屋』の持ち物です。そちらでお聞きになれば、ひょっとして、おまちさんの行方はわかるかもしれません」

「ありがとう」

新八郎は思わず礼を述べた。

おまちという女に会うことが出来たなら、何か手がかりが見つかるかもしれぬ。

――思わぬ収穫を得た。

新八郎は足取りも軽く、急ぎ足で長者町から道を東にとって御徒町《おかちまち》通りに出ると、今度はそこからまっすぐ南に向かって神田川に架かる和泉橋を渡った。

だが、渡り終えようとしたところで新八郎は足を止めた。

橋の上で新八郎の横を小走りに過ぎた銭ござ売りの中間《ちゆうげん》がいた。その中間の後を追いかけて、町のならず者体の男三人も新八郎の横を走り抜けたが、男たちは橋の南袂《たもと》でその中間に追いつくと有無をいわさず取り囲んだのである。

「何をするんだ」

中間は銭ござを肩に担いだまま、三人を見渡した。

銭ござとは、反故《ほご》紙をねじって莚《むしろ》に編んだ紙の敷物で、両替商はもとより商店で銭を勘定したり銭差しをする時に、この莚の上に銭を広げて使用するものである。

作る者は、もっぱら武家の下僕や足軽《あしがる》中間の内職と決まっていた。

その莚をならず者の一人はひっつかむと、

ぐいと引っ張って、莚を離すまいとする中間を、その場に引き倒そうとしたのでである。

「恥をかかせてくれたじゃねえか」

「止めてくれ、大事な売り物だ」

よろけながらも中間は、莚を庇《かば》うようにして、膝《ひざ》をついた。

ならず者たちは、その中間によってたかって飛びかかり、莚を土手に放り投げると、頭をこづき腹を蹴《け》った。

中間は腰に木刀を差している。だがその中間は、それを抜くこともなく、腹這《はらば》いになって悲鳴を上げるだけだ。

「待て」

見るに見兼ねて、新八郎が声をかけた。

一瞬三人は乱暴の手を止め、新八郎を振り返ったが、せせら笑って見合ったかと思ったら、また言い合わせたように中間に殴りかかった。

「止めろと言っている」

新八郎は、一人のならず者の手をねじ上げた。

「いててて、放せ」

「一人によってたかって、この者が何をしたというのだ」

「ご浪人には関係ねえんだ。邪魔するな」

ぶんと風を切る音がしたと思ったら、ならず者の一人が、懐から匕首《あいくち》を抜きざまに、新八郎の胸元を突いてきた。

新八郎は咄嗟《とっさ》にその匕首を躱《かわ》して、ねじ上げた男の腕をつかんだまま、後の二人をにらみ据えて言った。

「言うことを聞かぬと本気で怒るぞ。斬《き》る」

ねじ上げた男をどんと突き放して、刀柄頭を上げ、手を添えた。

「ひ、引け」

起き上がった男が、腕を擦りながら叫ぶ。

「覚えてろ」

男たちは捨て台詞《ぜりふ》を残して、橋を渡って来た袂に走り抜けていった。

「いったいどうしたのだ。あんな奴らに襲われるとは……」

新八郎は走りよると、顔をゆがめて体を起こした中間に聞いた。

「へい。つまらぬ口出しを致しやしてね……」

「………」

「あの男たちは橋の向こうの平右衛門町で、通りがかりの町の娘を、どこかの宿に連れ込もうとしていたのでございます。それであっしが、あの男たちが宿屋に掛け合いに行ってる間に、横合いから声をかけたのでございやす。いえいえもちろん、一人は逃さないように見張りについていたんですが、丁度いま両国で見せ物をやっております猿使いが猿を連れてとおりがかったのでございます。その猿に気をとられている間に、あっしは娘さんに言ってやりました。危ない目に遭いたくなかったら、宿についていってはいけませんぜ。家に帰れなくなりますぜと……娘さんはそれで顔を青くして、小走りして立ち去りました。ところがそれを猿に気をとられていた男にちらと見られていたようでして……」

「そうか……しかし、お前も腰に木刀を差していながら、よく我慢したな」

「へい。つまらぬことで命を落とすわけには参りません。こちらが木刀を抜けば相手は匕首を抜きます。そう思ったのでございやす」

中間は丸い顔で新八郎を見上げて言った。

眉の濃い、奥目の男だった。

その奥目のために、何か哀しみをしょっているような目の色にみえる。

「立てるか」

腰を曲げて中間に聞いた。

「ありがとうございやす」

中間は立ち上がるが、ぐにゃりと足を折ってまた尻餅《しりもち》をついた。

「骨が折れたか」

「いえ、くじいたようでさ」

「よし、送って行こう。俺の肩につかまれ」

「旦那……見ず知らずのお方に、申し訳ござんせん」

「遠慮するな。さあ」

新八郎は力いっぱい引き上げると、中間の手を自分の肩に回して立った。

二

「源助《げんすけ》、どうしたのだ、その傷。何があった」

中間の住まいだという小柳町二丁目の裏店《うらだな》に新八郎が送って行くと、帰りを待ちわびていたように少年が飛び出して来て、源助の姿を驚いた顔で出迎えた。

一見するまでもなく、少年は武家の子息のようだった。

十一、二歳かと思えるが、小袖《こそで》にきちんと袴《はかま》を着けて、腰には小刀を差していた。この長屋に来るまでに、中間は新八郎に、自分は源助だと名乗っていた。また、訳あって恩ある主の子息と住んでいるのだということも、話してくれていた。

しかしその子息というのが、まだ年端も行かぬ十一、二歳だったとは、余程の事情があるのかもしれぬと、新八郎は自身が浪人だということも忘れて二人の境遇に思いを馳《は》せた。

源助がせっせと銭ござを編み、それを糧《かて》にして暮らしているようだった。

一枚編んでいかほど手に入れられるか定かではないが、楽な暮らしができるほど工賃が手に入るとは思えない。

「孝太郎《こうたろう》ぼっちゃま、すみません。転んで足をくじいてしまいまして、こちらのお武家様にお助けいただきました」

「ありがとうございます」

孝太郎と呼ばれた少年は、大人びた顔をつくって頭を下げた。

「孝太郎殿と申されるのか」

新八郎は、源助の腰を上がり框《がまち》に据えると、少年を改めて見た。

荒い息がひとりでについて出た。源助の背は人並みだが痩せていて、さして力はいらないと思って支えてきたが、源助を肩から放した途端に汗がにじみ出て来た。

「暫時お待ちを」

手布で首もとを押さえている新八郎を見た孝太郎は、素早く台所に走り、甕《かめ》の中から一椀《わん》の水を汲《く》んできた。

「何もございませんが、どうぞ」

孝太郎は、両手でささげるようにして、新八郎に手渡した。

目のくりくりした、利発な顔立ちをしている。

「これはこれは……」

少年の可愛らしさについ心動かされて、新八郎は椀をとって、水を一気に飲んだ。

椀の中の水は生ぬるかった。

だが少年の心根が嬉しくて、久し振りに美味《おい》しい水を飲んだと思った。

「この長屋にはいつから住んでおられるのだ」

「二年になります」

「ほう、二年か……」

「はい。父が亡くなり、国を出てきました。源助は私にとっては、一番大切な人です。お助け頂いてありがとうございました」

孝太郎は、丁寧に礼を述べた。

「ぼっちゃま。あっしにそのようなお言葉を……もったいのうございます」

「何を言うか、源助。私が生きていられるのはお前のお陰だ」

孝太郎は叱《しか》りつけるように源助に言い、新八郎にお名をお聞かせ下さいと言った。

「青柳新八郎と申す。源助にも話したが、俺も長屋暮らしだ。まっ、浪人は相身互《あいみたが》い、今後何か困ったことがあった時には、相談にのるぞ」

つい口が滑った。

「おそれいります」

孝太郎ははきとして言う。

──千太郎が生きていれば……。

新八郎は目の前にいる少年を見て、俄《にわか》に五歳で逝《い》ったわが子を思い出したのである。

貧しい長屋の生活を強《し》いられながらも凜々《りり》しく生きている孝太郎の健気《けなげ》な姿を、上から下まで、そしてもう一度下から上まで見返した時、新八郎は思わず胸が熱くなった。

「御国はどこだ」

孝太郎に聞きながら、自然と優しい目になっているのが自分にもわかる。

「美濃《みの》国です」

「そうか……しかしなぜ江戸に参られたのだ」

「………」

孝太郎は返事に迷った顔を源助に向けた。

源助が小さく頷《うなず》いてみせると、孝太郎は新八郎に顔を戻し、沈痛な面持ちで言った。

「父の……父の敵《かたき》を討つためです」

「何……敵?」

新八郎は源助を見た。

すると源助が、険しい顔で告げた。

「それも、ただの仇《あだ》討ちではございません。主は汚名を着せられたまま殺されました。汚名を着せられた者が仇討ちを願っても許されるものではございません。事実こうして改易《かいえき》の憂き目にあい、禄《ろく》を剝奪《はくだつ》されました。孝太郎ぼっちゃまは、仇を討つと同時に、父上様は策略にあった、汚名を着せられたのだということを、殿様に訴え出なければなりません」

「…………」

新八郎は、返す言葉を失っていた。

新八郎でさえ、己の境遇を思う時、八方ふさがりの無力感に襲われるときがある。その恨みをどこに持っていってよいものか苦しむ時がある。

――まして……。

目の前の少年は、想像もできぬほどの苦しく険しい道を歩いている。

孝太郎の心を思うと、息詰まるような苦しさを新八郎は覚えたのであった。

源助が言った。

「青柳様、ことのついでにお願いするのも厚かましいのでございますが、一度孝太郎ぼっちゃまの剣を見ていただけないものでしょうか」

「うむ、それはいいが……」

敵討ちなど止して、他に生きる道はないのかと、孝太郎の顔を見つめていた。

「やっ、ややっ」

多聞は両国橋の欄干から身を乗り出して大声を張り上げた。大川に接している両国稲荷《いなり》の護岸の端に、人間がひっかかっているのじゃないかと多聞は言った。

新八郎が源助、孝太郎に会った翌日のことである。

多聞と二人で米沢町の口入れ屋『大黒屋《だいこく》』に行き、仕事を貰った、その帰りであった。

両国橋を渡り始めてすぐに、なんとなく稲荷の方に目をやった多聞が、気になる浮遊物を見つけたらしいのだ。

「ふむ……」

新八郎も欄干に寄るが、多聞の指差す辺りがどうもつかめない。

「わからぬのか、あそこだ。岸が出っ張っている。あれは水死体に違いない。新八郎、番屋だ」

「だから、どこだ」

「ええい、じれったい、番屋には俺が知らせる」

多聞は説明に苛立《いらだ》って、自身が米沢町の番屋にすっとんで行った。

おっちょこちょいの多聞が、見間違いでもしたのではないかと、新八郎が目を凝らして見直すと、確かに何かは判然としない物体が、どこかにひっかかったように浮いているのが見えた。

その浮いているものが、男の着物の柄だとわかった時、新八郎は多聞の目の確かさに驚いた。

まもなく番屋の小者《こもの》たちが舟を出して、岡っ引の銀次《ぎんじ》という男の差配で引き上げられたが、その水死体の顔を見て、多聞はもう一度驚いた。

「これは……武蔵《むさし》屋の手代頭、利吉《りきち》ではないか」

「知り合いか」

側から覗《のぞ》いて新八郎が聞く。

「知り合いも何も、大黒屋の世話で武蔵屋の仕事をしたことがあるが、その時、俺の世話をやいてくれたのが、この利吉だったのだ」

「ご浪人」

二人の会話を聞いていた銀次が顔を突き出してきた。

「今の話は間違いないかね」

「小伝馬町の武蔵屋だ」

「助かりやした」

銀次は頷くと、

「おい、武蔵屋に走ってくれ」

近くにいた下っ引に告げた。

「旦那、もうしわけねえが、番屋までご足労願えませんか」

銀次は多聞に片手を上げて頼むと、手際良く戸板に利吉の死体をのせて米沢町の番屋に運んだ。

時を置かずして、銀次に手札を渡している佐久間《さくま》という同心が駆けつけてきた。

「外傷はないな。溺《おぼ》れたらしいや」

佐久間は、丹念に体を確かめた後、溺死《できし》だと結論づけた。

「ちっ、冗談じゃねえぜ」

銀次はひそかに舌打ちした。事件の疑いが薄くなったと、がっかりしたようだった。

「しかし、なぜこの季節に溺死なんだ。そうだろう、新八郎」

多聞が新八郎の耳元に囁《ささや》いた。

確かに多聞の言うことには一理ある。

山は紅葉を始めている。水練をするには水は冷たくなりすぎている。

それに、例えば航行する舟から落ちたのなら、誰かが届け出る筈《はず》だ。

両国稲荷の岸から落ちたというのも考えにくいし、第一季節外れの水練は奉行所も禁止していた。

近頃はさしたる考えもなしに、ただ面白半分に水に飛び込んで溺死する者があとを絶たないからである。

はたして、まもなくやって来た武蔵屋の番頭仁助《にすけ》も、

「利吉は人の恨みを買うような男ではありませんし、この季節にふざけて川に入る男でもございません」

佐久間にそう言ったが、すぐに、

「ただ……」

首を傾げると、

「昨日の夕刻、下谷に集金に行ったっきり、店に戻らなかったものですから、心配をしていたところでございます」

と言ったのである。

「すると、集金した金を持っていたというのか、利吉は……」

「はい、おそらく……調べてみませんと、どれだけのお金を集金していたのか、それはわかりませんが」

「ふーむ……」

佐久間は考えを巡らせているようだった。

「そういうことなら事件の可能性もなくもないが、集金した金欲しさの犯行にしては、利吉の体のどこにも傷がない。一つもない。それが腑《ふ》に落ちぬ」

「よろしくお調べ下さいませ。利吉は自分から死を選ぶとは思えません。来月から通いになるのを機に、祝言をあげることになっていましたから……」

番頭は佐久間に言った。

三

新八郎は、大黒屋から貰った仕事を終えると根岸にまわった。

妻の志野が狭山作左衛門と暮らした長者町の家は、日本橋の呉服問屋『伏見屋』のものだったが、この伏見屋の口利きで狭山家に奉公にきていたおまちという女がいる。

新八郎は会ったことはなかったが、志野から名前は聞いていた。そのおまちが、今は根岸の伏見屋の別荘で管理かたがた留守を預かり暮らしていると人づてに聞いたのだ。

志野はおまちに会いに行っているかもしれぬな。新八郎は一縷の望みを胸に別荘の門をくぐった。

果たしておまちらしき女が、襷《たすき》がけで庭の草をむしっていた。小柄な四十も半ばの女だった。

青柳新八郎が志野の夫だと名乗ると、おまちは驚いた顔をした。

「志野様の……」

「そうだ」

新八郎は、志野が三年前、作左衛門が亡くなったと知らせを受けてまもなく失踪したこと、ところがその志野を江戸で見たという者がいて、家督を弟に譲って浪人となり、この江戸に出てきて志野を捜しているのだと隠しだてなく打明けた。

いかに志野の夫と名乗っても、浪人姿では訝《いぶか》しく思われる、そう考えたからだ。

「まあ、それでご浪人に……」

おまちは我にかえったように縁側に座を勧めると、襷を取りながら台所に走り、すぐに茶を入れて戻って来た。

「どうぞ……」

新八郎の膝元に茶碗《ちゃわん》を置くと、おまちは心配そうな顔をして言った。

「志野様には何があったのでございましょうね。私もどうしていらっしゃるのかと、ずっと気がかりでございました」

「知っておったのか」

新八郎は意外な気がした。

作左衛門が没するや跡を継いだ弦之丞は長者町の家はひき払っている。おまちはその時暇を出されているはずだ。

「志野の失踪を、誰から聞いたのだ」

「女の人がここに訪ねてきたのです。もう一年も前の話です」

「はて……志野の友達ですかな」

「いいえ。違います」

「違う……」

「はい。私は志野様のお友達は全て存じ上げておりますが、見たこともない人でした。それに、お武家の人ではございません。おせきさんという、物腰がちょっと砕けた感じがした人でした」

「…………」

「おせきさんは、志野様が嫁ぎ先から行方知れずになったらしいが、心当たりはないかと言うのです。もちろん私はそんな話は初耳でしたので、そのように伝えますと、すぐに帰って行きました。もしもその時、私が志野様の居所を存じ上げていたとしても、知らないと伝えたと思います」

新八郎が、なぜだ……という目でおまちを見ると、

「これは私の勘ですが、その人になんとなく危険を感じたからです」

と、おまちは言った。

「危険を感じた……」

新八郎の胸は、早鐘《はやがね》のように打った。

「ええ、こんなことを申し上げますと、よけいに心配なさるとは存じますが……」

「かまわぬ。言ってくれ」

「おせきというお人は、一人でここに訪ねてきたような振りをしておりましたが、誰かが物陰からこちらを窺《うかが》っていたのです」

「何……」

「ごらんのように、外塀の一部は植え込みになっておりますが、その人は、植え込みの向こう、大通りからこちらをじっと見ていたのでございます」

「どんな人だった？」

「着流しのお侍でした」

「顔の特徴は」

せっつくように新八郎は聞く。

「菅笠《すげがさ》を被っておりましたから、わかりません。でも、佇まいにぞっとするような陰気なものが感じられて……」

「だがその男、確かにおせきの仲間だったのかな」

「一緒に帰って行きましたから……私、そっと後から見定めております」

「そうか……」

突然新八郎の胸を、得体の知れない黒い霧が包みこんだ。

黒い霧の正体が見えぬだけに、不気味だった。

志野の身が案じられて、胸を、切り裂くような痛みが走った。

「青柳様、いったい、志野様に何があったというのでしょうか」

おまちも、ただならぬ雰囲気を感じ取ったようだった。

「わからん……そうだ、これを見てくれるか」

新八郎は、失踪直前まで志野が新八郎のために縫い、刺繍《ししゅう》を施《ほどこ》していた財布を出した。

まだ刺繡は途中だが、夫婦鴨が水の上を並んで滑っている。占い師のおれんがぴたりと当てた、あの財布である。

「まあ……」

おまちは驚いた様子でそれを取り上げると、

「志野様……」

掌《てのひら》にのせてじっと見詰め、

「確かにこの刺繡は志野様の手によるもの……」

潤んだ目で新八郎を見返すと、

「でも私、このお財布を拝見してほっと致しました。ひょっとして志野様はご夫婦の仲がよろしくなくて姿を隠したのかと疑ったこともございました。青柳様、志野様は、お幸せだったのですね」

おまちは少しほっとした顔で目を潤ませた。

「おまちさん、あんたはそう思ってくれるか」

「ええ、これが証拠です。幸せでない女が、夫のために財布を縫い、丹精こめた刺繡をする筈がございません」

「ありがとう。それを聞いて、俺の心も少しは軽くなった」

「信じて下さいませ、このおまちのことばを……女の心はそういうものです。青柳様、私はね、離縁した女です。夫婦のことは、いえ、女のその時その時の心の情景、誰よりもよくわかっているつもりです」

おまちはしみじみと言い、念のためにと言い、志野の友人の名を数名、紙に書いて渡してくれた。

「せめてこちらにお顔を見せて下さればよいのですが……」

おまちはそう言うと、庭の垣根の側にたわわに実をつけている柿の木に目を遣った。

「しかし、志野は、こちらの住まいを知らぬのでは」

「いいえ、柿の実の熟すころには伏見屋さんから案内を頂いて、毎年私とあの柿を取りにいらしていたのですよ」

「志野が……」

新八郎は、思わず柿の木を仰ぐように見た。

熟した柿が、日の光に美しく照り輝いている。

「あれで志野様は、柿の木に登るのがお上手でした」

おまちは、遠い昔を思い出すような目で言った。

――あの志野が……。

新八郎の知る志野は、常に静かで慎ましやかな人だった。そんなおきゃんな姿など想像したこともない。

意外な話を聞いたと思った。

不意打ちを食らったような驚きだったが、次の瞬間、まだあどけなさの残る志野が、恥じらいも忘れて得意げに声を上げて木に登る姿が目に浮かんだ。

「青柳様、どうぞ、お好きなだけお持ち帰り下さいませ。もうそろそろ食べ頃でございます」

おまちに勧められて、新八郎は艶《つや》やかな赤い柿をもいだ。

ひとつ、ふたつ、ちょっと手を止めたが、さらにふたつ、もうひとつ、掌に余るほどの大きな柿をもいだ。

あわせて五つ、懐に入れ、袂に入れてみたのだが、柿の重みでそこだけ不自然に膨れるために、どうにも不格好になる。

結局おまちが出してくれた風呂敷に柿を包んで、新八郎は根岸の別荘を後にした。

――遅くなったな。

新八郎が神田川まで戻りついたのは、夕日が川面を染め始めた頃だった。

根岸に行かなければ、数日前に立ち寄った源助と孝太郎の長屋に立ち寄るつもりでいたのだが、それはもう明日にするしかないなと思った。

新八郎は、川風に当たりながら新橋に足をかけた。

すると、橋の南袂に広がる柳原の土手の上で、少年たち数人が喧嘩《けんか》をしているのが目に止まった。

ひょいと欄干越しに覗くと、一人の武家の少年を、町人の少年四人が囲んでいた。

いずれも手に小枝を持っている。

「孝太郎」

新八郎は、思わず叫んだ。

その時、いきなり枝を刀代りに打ちあいが始まった。

「いかん」

新八郎は橋の上を駆け、土手に下りた。

その間にも、少年たちは奇声を上げて打ちあっていたが、新八郎が土手に下り立った時には、孝太郎が一人の少年の背を、まるで野良犬でも打ち据えるように執拗《しつよう》に打っていた。

「あやまれ！……あやまれ！」

孝太郎は打ち据えながら口走っている。

「やめろよ、やめてくれよ！」

孝太郎の激しく続く滅多打ちに、他の少年たちは恐怖のためか尻込みし、今にも逃げ出しそうな気配である。

新八郎は、つかつかと孝太郎の側に歩み寄ると、いきなりその腕をひっつかんだ。

「やめなさい！」

「放せ！」

孝太郎はつかまれた腕をふり払いざまに、その人が新八郎と知ってふいを食らったように動作を止めた。

町人の少年たちは、その隙《すき》を見て、打ち据えられていた少年を両端から抱えるようにして走り去った。

新八郎は、ちらとその様子を目の端に捉《とら》えながら、大した怪我《けが》もないなとほっとしたが、それでよし、というわけにはいかなかった。

「何をやっていた。遊びにしては度が過ぎるぞ」

新八郎は厳しく戒めた。

「悪いのはあの者たちです」

孝太郎は毅然《きぜん》として言った。後悔のこの字も感じられない顔だった。

「どう悪いのだ、言ってみなさい」

「長屋に住んでるのに、武士の子のなりをして、お前は生意気だと言われました」

「それぐらいのことが何だ」

「それに、親なし子だって」

「ふむ……本当のことだ。仕方があるまい」

「ヤットウも出来ないのに、刀を差していると……」

孝太郎は、自分の非をつかれないように必死に言葉を並べて行く。

「それで木の枝を刀にしてやりあっていたのか」

「相手は四人です。私は一人でした」

「…………」

「どこかで私が馬鹿にされるだけの人間ではないことを思い知らさなければなりません」

「武士の子の意地だというのか……」

「そうです、意地です」

「…………」

孝太郎は挑戦するような目で見返してきた。

「孝太郎……」

新八郎はきっと見た。だが孝太郎は、

「お前の父は悪いことをしたんじゃないのか。だからこんなところで暮らしているのだろうと……そんなことまで言われても、黙っていなくてはいけないのでしょうか」

あふれる感情を制することが出来ないようだ。新八郎はひと呼吸をおいて静かに言った。

「そうだ、お前は武士の子だ。武士の子だからこそ我慢するのだ」

「青柳様、私は何を言われても我慢します。源助にそのように言われております。でも……でも……」

孝太郎は、拳を作ると、歯を食いしばって俯《うつむ》いた。

必死にほとばしる感情にあらがっているように見えた。だが、顔を上げたその時には、黒い瞳《ひとみ》には溢《あふ》れんばかりの涙が膨らんでいた。

その目できっと新八郎を見返すと、

「父の悪口を言われては、私は我慢が出来ません」

孝太郎は声をふりしぼるようにして叫んだ。

だがその後で、ううっと呻《うめ》き声を上げた。泣いているのではない。泣くのをこらえているのである。

「孝太郎……お前には、大切な使命があるのではないか……つまらぬことに意地を張る暇などない、そうであろう……」

新八郎は腰を落として、孝太郎の顔を覗いた。

そして、俯いて涙を堪《こら》えている孝太郎の頭を、とんとんと撫《な》でるような思いで叩いてやった。

「青柳様」

突然孝太郎が、青柳の腕をつかんできた。懐に飛び込みたいのを必死に堪えているようだった。

「帰ろう。送って行くぞ……そうそう、ここにな、うまい柿を貰っている。そなたに食べてもらおうと貰ってきたのだ」

新八郎はわが子に囁くように言い、風呂敷に手をつっこんで、柿を一つつかみ出すと、孝太郎の掌にのせてやった。

「どうだ、見事な柿だろう」

孝太郎は掌に柿をのせたまま見詰めていたが、ついにぽろぽろと涙をこぼした。

「母上……」

「そうか、母上のことを思い出したか……無理もない」

新八郎は孝太郎の濡れた目を、指で優しく拭いてやりながら、その顔を覗いて言った。

「どうだ。この近くに茶漬け屋がある。俺の知り合いの女の人に、この柿を剝いて貰おう、それがいい。一緒に行かぬか」

するとと孝太郎が、こくんと頷いた。

甘えるような頷きだった。


「青柳様、孝太郎ぼっちゃまのこと、ありがとうございました」

源助は、奥の布団で眠っている孝太郎をちらと見遣ると、新八郎に改めて礼を述べた。

新八郎はあれから孝太郎を吉野《よしの》屋に連れて行き、夕食を食べさせた後、八重《やえ》に頼んで、あの見事な柿を孝太郎の前で剝いて貰って食べさせたのだった。

孝太郎は眩しいような目で、柿を剝く八重の手元を見詰めていたが、

「どうぞ、孝太郎様」

八重がくろもじの楊枝をそえて、瑞々《みずみず》しい柿を皿の上にのせて差し出すと、孝太郎は美味しそうに頰《ほお》ばったのである。

「いや、柿を食べさせたことで、かえって母御を思い出させてしまったようだ」

新八郎は源助に言った。すると源助は、

「さようでございましたか……お国の、お屋敷の庭には見事な柿の木がございまして、柿が実って、その色艶がお日様に輝くころになりますと、毎年、ご新造様が縁側に座って柿を剝いておられましたので……」

源助はしみじみと言った。

「うむ……」

「ご新造様の側には孝太郎ぼっちゃまがお座りになり、柿の剝けるのをじっと待っておられましたが、あの長閑《のどか》で、幸せな光景は、あっしだって忘れたことはござんせん」

「そうか……そうだったのか」

「でも、今日のぼっちゃまは幸せそうなお顔をしておりました。久し振りにあのよ

うなお顔を見ることが出来ました……青柳様のお陰でございやす」

「源助」

「はい」

「俺にも丁度孝太郎殿と同じ年頃の倅がいたのだ」

「それはまた……」

「五歳で死んだが、孝太郎殿をひと目見た時、その子を思い出した」

「………」

「俺が話を聞いてどうなるものでもござるまいが、孝太郎殿がここに至った事情を話して貰えぬか」

「はい……あっしもいつか青柳様にはお聞き願いたいと考えていたところでございやす。孝太郎ぼっちゃまのお父上様は、美濃国岩井藩御番方にお勤めでございました。お名は新見《にいみ》啓之進《けいのしん》様、代々新見家は御番方の番頭にのぼられるお家柄で、御番方では一目おかれていたお立ち場でございました。お若い頃には常に殿のお側にいて、年老いては御番方を指揮するお立ち場になるのでございます。参勤で江戸に参る時もございますし、お留守をお守りすることもございます。いまわしい事件が起こったのは、三年前……」

啓之進は国で留守の守りについていた。

そこへ一報が入った。

殿様が参勤を終え、帰国の途につく知らせだったが、帰国早々に久し振りに鷹狩《たかが》りをなさるというのだった。

鷹狩りは、御番方のお役目の中でも最も華々しい活躍の舞台である。

啓之進はまだ役つきではなく、殿様が帰国の折にはしっかりと、その働きぶりを御覧頂き、昇進の足掛りにしたい、そういう立場であった。

当時屋敷の隠居部屋には、啓之進の父親が病床についていた。

啓之進の先行きを案じた父は、啓之進に鷹狩りの拍子木役に自薦するように勧めた。

拍子木役とは、狩りの時に勢子《せこ》の進退を知らせる役で、毎回二名が任命される。狩りには重要な役目であった。

そして、拍子木役に任命された者は、狩り場で殿の拝謁を賜る。

当然殿様の覚えもめでたいわけで、これが出世の糸口ともなるために、狩りのたびに自薦他薦の大変な競争になっていた。

新見家は本来なら番頭になる家柄のため、みなこの拍子木役に頃合をみて任命されている。

少しでも若い頃に拍子木役のお役につけば、番頭への道程はいっそう早い。

また、番頭ではなくとも他のお役目に出世することも出来た。

病床の父は老い先が短いだけに、息子の啓之進の出世を見届けて逝きたいという焦りがあった。

しかし、拍子木役を賜るには、まだ啓之進の上には先輩格が五人もいたのである。

自薦他薦といっても、最後にはこの順番がものをいう。

啓之進は拍子木役への願い出はしたものの、自分がこのたび選ばれるとは思っていなかった。

むろん同僚たちも同じ見方であったに違いない。

啓之進だけでなく、自薦の者は他にもいたが、皆落ちつくべきところに落ち着くだろうと見ていたのだ。

ところが蓋《ふた》を開けてみると、拍子木役二名のうち、一名に啓之進の名が上がっていた。

詰め所にその張り紙が張られると、啓之進は金とコネで拍子木役にありついた、などという噂《うわさ》が広まった。

今や武家の世界で金とコネで御役をつかむ話などごまんとある。

だが啓之進は、同僚から悪の権化のような言い方をされ、いじめが始まった。

その先鋒に立っていたのが、熊井佐太夫《くまいさだゆう》という男だった。

この男、啓之進が拍子木役に任命されなければ、順番としてはその役をもらえる筈だったのだ。

もう一人の拍子木役は一番の年長だったから、順当に任命されたわけで熊井も恨みようがない。

番方は常には中央の政治に関与することがないぶん、日頃鬱屈《うっくつ》をためることが多く、啓之進は敵意の集中砲火を受けることになった。

いじめは日を追って激しくなり、ついに啓之進はお役を返上したのである。

「青柳様……」

源助は、そこでいったん話を切ると、深く哀しげなため息をつき、言葉を継いだ。

「ところがこのことが仇《あだ》になったのです。殿様が国にお帰りになられる少し前のことでした。旦那様は下城してきたところを熊井様たちにつかまって、お役返上などと惰弱者よと罵倒されたのでございます」

「しかし、どうしてだ。そこまで徹底していじめを行う熊井とやらの心底、他にも何か理由があったのではないか」

「………」

源助は一瞬口をつぐんだが、まもなく意を決したような顔で言った。

「実は熊井様は啓之進様とは剣術の道場仲間でございました。お年は五つほど年上でございましたが、心に秘めたお人が同じだったのでございます」

「何……まさか……」

一人の女性が浮かんだが、新八郎は声に出しては言えなかった。

不謹慎のような感じがしたのである。

だが源助は、顔を歪《ゆが》めて言った。

「そのまさかでございます。孝太郎ぼっちゃまの母上様、紀恵《きえ》様……」

「紀恵殿と申されるのか、孝太郎の母上は」

「はい。美しい方でございました。旦那様と並んでいるのを拝見した時には、まるで絵に描いたような幸せなご夫婦にみえました。それほどお美しい方でございましたから、紀恵様を密《ひそ》かに想うお方は他にいらしても不思議はございません。実はこれは噂ですから確かな話とは申せませんが、紀恵様は熊井様の申出を断って啓之進様と一緒になられたとお聞きしております」

「すると、紀恵殿に振られたことを根にもっていた……」

「はい。それも強い恨みを含んだものでございました」

「………」

「孝太郎ぼっちゃまには知られたくございませんが、罵倒されたその日、熊井様はこう言ったそうです。お前は裏から手を回すのがうまいからな。妻女をもらう時にも、汚いことをしたんじゃないのか。お前がしゃしゃり出なければ、紀恵殿はわしの妻になっていた筈だと……」

「………」

「とどめの台詞はこうでした。紀恵殿はいい女子だ、俺はよく知っている……そう言って思わせぶりの笑いをしてみせたのです。挑発されているとわかっていても、旦那様は許すことが出来なかった。ことここに至っては……と旦那様は熊井様に言葉を投げた後、刀を抜いたのです」

新八郎は頷いていた。

夫たる者、妻への侮辱は許されぬ。

わが身が恥辱を受けるような、そんな思いに囚《とら》われるのだ。

「旦那様は熊井様に斬りつけました。相手は熊井様ともう一人、熊井様のこしぎんちゃくと言われていた小池《こいけ》というお方でした。二対一では、初めから勝負は決まっていたのかもしれませんが、堪忍袋の緒が切れたのだと存じます」

「うむ」

「果たして旦那様は、小池様を斬り下げて息の根を止めましたが、熊井様には一太刀も浴びせることなく、ご自身が斬られて命を奪われておしまいになったのです」

「哀れな……」

　新八郎はあまりにも悲惨な結末に言葉を呑《の》んだ。

「騒動のあとお調べがありましたが、先に刀を抜いたのが旦那様だったということで、新見家は改易になりました。孝太郎ぼっちゃまの命は助かりましたが、新見家は廃絶となったのです。ご隠居様は病床の中から孝太郎ぼっちゃまに再び新見家を興してもらえるようあちらこちらに手をお回しになっていたのですが、病には勝てず先年お亡くなりになったのです」

「御内儀はどうなされた」

「それが……事件が起こる少し前にお亡くなりになっております」

「そうか……で、その熊井とかいう御仁《ごじん》はどうしておる」

「はい。国を出奔したのですが、御新造様のご実家からの知らせによると、江戸にいると……それも縁を頼って他藩の定府になっていると……」

「それで江戸に参られたのか」

「はい。孝太郎様が敵を討てば、お家の再興はかないます」

「しかし、孝太郎殿には荷が重すぎる。返り討ちにでもあえば元も子もない」

武士の子とはいえ、孝太郎のこの先が案じられて新八郎は深いため息をついた。

「青柳様、お願いがございます」

源助は改めて新八郎を神妙な面持ちで見て言った。

「熊井様をつきとめたその時には、敵討ちの検分をお願いしたいのですが……」

「うむ……」

新八郎は口を濁した。

進んで検分すると頷けば、敵討ちを後押しすることになるかもしれぬ、その懸念があったのである。

熊井という人物の腕がいかほどのものかは知らぬが、こちらは中間と少年である。

孝太郎や源助が、返り討ちにあうようなことは何としても避けたい。

新八郎は心底そう思った。

「源助」

「はい」

源助は、新八郎が何を言い出すのかと、期待を込めて見返した。

「敵の相手が見つかった時には、知らせてくれ。敵を討つ前にだ」

「承知致しました」

源助の目に、一穂の光が灯ったようにみえた。

四

「新八郎、いるか」

惰眠に身を任せていた新八郎は、野太い声に飛び起きた。

声は多聞とわかっていたが、日が高くなっても布団の中にいるところを見られては、どんなからかいを受けるかわからぬ。

「ちょっと待ってくれ」

新八郎は戸口に向かって叫ぶと、急いで布団を隅に片づけ、身仕舞いを慌ただしくして、土間に下りて戸を開けた。

「おぬし、まだ寝ていたのか」

多聞はにやりとして言った。

「何の用だ」

新八郎は、多聞の後ろに控えているお店者《たなもの》をちらと見て、怪訝《けげん》な顔を向けた。

「相談があってやってきたのだ」

「相談……」

「いいから入ってくれ」

多聞はお店者に、自分の家に招き入れるような口調で言い、つかつかと中に入ると、

「上がってくれ」

お店者を促して、畳の上に並んで座った。

「おぬし、この間両国稲荷で、紙屋の武蔵屋手代頭利吉の遺体を見たな」

「ああ、溺死だと言っていた、あれか」

「そうだ。実はな、利吉は殺されたということがわかったのだ」

「何……」

「俺は利吉にはずいぶんよくして貰った記憶がある。何とか利吉のために真相をつきとめたいと俺なりに調べていたのだが、この松蔵《まつぞう》の話を聞いて、はっきりした。

利吉は殺されたのだとな」

多聞はそう言うと、連れて来た松蔵という男に、促すような視線を送った。

松蔵は一礼をすると、

「私は油屋『高田屋《たかだ》』の番頭でございます。高田屋と武蔵屋さんとは互いの商品を仕入れる仲でございます。それもあって、今度の一件を放っておいては、第二第三の犠牲者がでる、そう存じまして……それで、ありのままを告白し、利吉さんの無念を晴らしてやって頂ければと……」

と言うのであった。

「うむ。しかし、無念を晴らすとは、どういうことだ」

「新八郎、まあ聞け。聞いてからの話だ、それは」

横合いから多聞が言った。

「わかった。松蔵とやら、話してみろ」

「はい。利吉さんが殺される晩のことでございますが、私は柳橋の北袂にある平右衛門町の料理茶屋『萩屋《はぎ》』で、常陸《ひたち》国鹿島《かしま》藩江戸屋敷の買入方のお二人を接待しておりました。その座敷に、たまたま萩屋に集金に来ていた利吉さんが、鹿島藩の買入役人が来ていると仲居さんから聞いたのでしょう、挨拶に参りました。それで今後はよろしくお引立て下さいと、酒樽《さかだる》ひとつ、お役人に贈ったのでございます。すると、お役人はそれなら船遊びにもつき合えということになりまして……」

役人二人と松蔵と利吉は屋根舟に乗って大川に出た。

舟は月見の舟で、ゆったりと大川を遊覧して、引き返すつもりだった。

ところが役人の一人が酩酊《めいてい》したあげく、御米蔵辺りで、利吉に泳いでみろなどと無茶を言い出した。

利吉は断った。

すると役人は、己れの頼みごとだけはしておいて、人の頼みは聞けぬというのか、俺を愚弄《ぐろう》するのかなどとわめき出して、刀を抜いて利吉の胸に突きつけた。

「わが藩に紙を入れてほしいと言ったな、ならば水に跳び込め、そして大川を渡って向こう岸まで泳げ。さすればお前の店の紙を入れてやる」

もはや、酔っ払ったその役人には、利吉へのいじめは酒の肴《さかな》のようなもの、冷たい笑みを湛《たた》えると、恐怖に震える利吉を大川の中に突き飛ばしたのだ。

利吉は浮かんだり沈んだりして、助けを求めた。

「お願いでございます。利吉さんを助けてあげて下さいませ」

松蔵は懇願したが、逆に、お前も泳ぐか、などと襟首をつかまれて、恐ろしくてそれ以上声も出せなかったのだ。

役人は舟の縁を扇子で叩き、こっちだ、こっちだ、頑張れ頑張れ、ほれもう少しだなどと面白がって、利吉がようやく手を縁にかけるや、その手を扇子で容赦なく打ちすえたのだ。利吉はまもなく、力尽きて水中に没した。すると、

「つまらぬ奴、引き上げるぞ」

さっさと舟を引き上げさせたのである。

松蔵はそこまで話すと、その折の恐怖を思い起こしたらしく、顔をひきつらせて訴えた。

「誰かにしゃべれば命はないぞと脅されました。お奉行所に訴えたところで相手は鹿島藩の藩士、罰してくれるのかどうかもわかりません。それで黙っていようと思っていたのですが……」

「………」

新八郎には言葉がなかった。

「どうだ新八郎、わかったか」

多聞が言った。

「多聞、俺たちの手には負えぬよ。やはり奉行所に届けるほか道はあるまい」

「おぬし、臆したか。わかった、もう頼まん。俺はやってやる。腕の一本も折ってやらねば、利吉も浮かばれぬからな」

「馬鹿な、堂々と訴えた方がいい」

「それが出来ぬから松蔵は苦しんでいるのだ。高田屋が油を鹿島藩に納めている額は大変なものらしい。表立って鹿島藩を訴え出ようものなら、店が潰されかねないのだ」

「………」

「その役人の名もわかっている。熊井佐太夫という悪人だ」

「おい、今なんと言った」

「熊井佐太夫だ」

「初手から鹿島藩の人か」

「いや、美濃国の人だと聞いたことがある」

「それだ」

「何がそれだだ。新八郎、それがどうしたのだ」

「多聞、訳はあとで話すが、利吉の無念晴らせるかもしれぬぞ」

新八郎は、にやりと笑った。

その男、熊井佐太夫は、愛宕下大名小路にある鹿島藩の藩邸から出て来ると、東の横丁に入り、そこから、ゆらりゆらりと汐留橋に出て、木挽町《こびきちょう》の船宿に入った。

熊井は骨太の、色の白い男だった。

表情の乏しい顔立ちだった。目も鼻も印象が薄く、唇は薄くて血の気がなく、どちらかというと冷たい感じのする男だった。

「間違いない。青柳様、啓之進様を斬った熊井佐太夫とはあの男でございます」

興奮した源助は、今にも物陰から走り出て、熊井が入った船宿に飛び込みそうである。

「落ち着け。これからが肝腎だ」

「青柳様」

「敵を討つまでに、やらなければならぬ手続きがある」

「敵討ちの届けでございやすね」

「むろんそれもあるが、敵を討てば本当にお家の再興がかなうのか、まずそれを確かめるのが肝要だ」

「へい」

「いいか、お前は美濃国岩井藩の江戸屋敷に参って、その確約を貰って来るのだ。よいな」

源助は、顔を強張《こわば》らせて頷いた。


新八郎が孝太郎を連れて柳原堤に現れたのは、一刻もあとのことだった。

和泉橋から柳森《やなぎもり》神社の辺りは、矢場はあるし馬の調教にも適した草むした河岸が続いている。

新八郎は河岸に積み上げられている薪の束を取り上げると、柳の木にくくりつけ、木刀を孝太郎の手に握らせた。

「孝太郎、剣の道で一番大切なのは、まずここだ」

新八郎は自分の胸を叩き、孝太郎の胸を叩いた。

孝太郎は、こくりと頷いた。

なぜ自分がこんな時刻にここに連れてこられて、剣を持った時の心構えや剣の使い方を新八郎が指南してくれるのか、口に出して言わずとも理解もし、覚悟もしているようだった。

聡明な黒々とした目で、新八郎の話を聞き漏らすまいと、じっと聞いているのが哀れだった。

本来ならば、敵討ちなどとは無縁な、楽しい少年時代を過ごしていい年頃である。

父を失い母を失い、しかもまだ、自分の命を懸けて父の無念を晴らし、お家の再興を考えているとは、どこまでも健気であった。

「剣術は教わったのか」

新八郎が聞く。

「はい。一刀流を習っていました」

「よし、では、構えて」

新八郎が号令すると、孝太郎は緊張した面持ちで構えて立った。

「いいか、脇を絞って、相手を睨《にら》め」

「はい」

「相手が誰であれ、この時気持ちで負ければ、もう勝負はついている。負けだ」

「はい」

「気持ちで勝てば、必ず勝てる」

「はい」

「今日はひたすら突きを教えるが、迷っては駄目だ。心が迷えば刀も迷う。すると、狙う相手の懐は刺せぬ」

「はい」

「それと、これは、くれぐれも言っておくが、剣は死ぬためにあるのではない。生きるためにあるのだ」

「生きるために……」

「そうだ。生き残るためにあるのだ。自分の命を守るためにある……そのための剣だ」

「はい」

歯切れのいい返事が返ってきた。

「では、あの束の真ん中を、何度でも突いてみなさい。それがうまくできるようになった時、実戦の俺の剣をみせてやる」

「ありがとうございます」

「うむ。では、突け！」

「ヤーッ！……トゥ！……」

孝太郎の大きな声が河岸に響いた。

「力尽きるまで突け」

新八郎は叱咤《しった》する。

孝太郎は、小さな体で、何度も何度も薪の束をついていたが、一刻も後にはさすがに足元もおぼつかなく、どうとその場所に倒れてしまった。

「立て」

「青柳様……」

「お父上が見ておられるぞ。そんな弱腰では駄目だ」

孝太郎は、よろよろと立ったが、またそこに尻餅をついた。

真っ赤にほてったその顔は、悔しさで歪んでいる。

「お待ち下さいませ」

土手の上から声がした。

八重とすっぽんの仙蔵《せんぞう》が立っていた。

二人は小走りしてやって来ると、

「新八郎様、事情はよく分かっておりますが、少し休ませてあげて下さいませ。まだ年端もいかぬ少年です」

八重は母親のような顔をして、孝太郎の前に立った。

「いいえ、良いのです。孝太郎は負けません」

孝太郎はよろりと立ち上がると、気丈に叫んでみせた。

だがそれも束の間、孝太郎はまた草の中に、沈んで行った。

「孝太郎様……」

八重が走り寄って抱き上げた時、新八郎は土手の上に、菅笠を着けた着流しの武家が去って行くのを捉えていた。

五

日の陰りが早くなった。

青柳新八郎は、伸び切った茅《かや》の穂が揺れる采女ケ原《うねめがはら》を見渡した。

季節がよいこの時期は、昼間は馬の訓練や早駆けをするためにここを訪れる者は多いと聞いている。

しかし、西の空に日が落ちる頃には、潮が引いて行くように、人の影は原っぱから消えて行くようだ。

新八郎は、白い襷に鉢巻き姿、股《もも》だちをとった凛々しい姿の孝太郎を伴って、先程この原に立った。

孝太郎には源助が影のように寄り添っているが、源助も白い鉢巻きを頭に締めて小刀を腰に帯びている。

そしてもう一人、高田屋の松蔵を伴った多聞が、少し離れて懐手に立ち、風に袴《はかま》の裾《すそ》を靡《なび》かせていた。

「もう時刻だ。まさか、おじけづいて逃げたのではないだろうな」

多聞が言った。

「うむ」

新八郎は一方を見据えたまま返事をした。

「来た」

源助が小さく叫んだ。

確かに、ゆっくりと歩み寄る武家の姿があった。

その姿が、五間ほどに近づいた時、

「ぼっちゃま」

源助は孝太郎に声をかけると、前に出て迎えて立った。

「熊井佐太夫、待っていたぞ。父、新見啓之進の敵、尋常に勝負しろ」

孝太郎が叫んだ。

「ふっ……」

熊井は口を歪めて笑った。

「小僧、何とか口上だけは言えたようだな」

言いながら、孝太郎の後にひかえる新八郎を薄闇の中に透かし見て、

「そうか、そいつに剣の手ほどきでもしてもらったのか……」

薄笑いを浮かべた。

「青柳という。おぬしの最後を見届けてやる」

新八郎が言った。

「ふん、物好きな奴もいたもんだ。泣きっ面をかくことになるぞ」

熊井はそう返すと、懐から一通の書状を出して、投げてきた。

「お前にもらった果たし状だ。返り討ちにしてくれる」

熊井は刀の緒を引き抜いて素早く襷にすると、草履《ぞうり》を脱ぎ捨て刀を抜いて腰を落とした。

「待て、相手は、その者たちばかりではない」

多聞がずいと出た。

「誰だ、加勢か」

「俺は、お前に殺された武蔵屋の手代頭利吉に繋がる者だ。利吉の恨み、晴らさせて貰う」

「何、利吉だと……利吉は勝手に大川に飛び込んだのだ。俺のせいではない」

「そんな話は通用せぬよ。ここに確かな証人もいる」

多聞はかたわらの松蔵を前に押し出した。

熊井に、明らかに狼狽の色が見てとれた。

だが、そんな心中とは裏腹に、熊井は威勢のいいことを言った。

「ひとまとめにして斬ってやる」

いきなり孝太郎に跳びかかって来た。

新八郎は、咄嗟に孝太郎の前に飛び出して、その斬撃《ざんげき》を打ち払った。

熊井は、一間ほど飛びのいた。

「ふむ」

熊井は新八郎が手強《てごわ》いのを感じとったようだ。

だが、ふり絞るような声を発して熊井は打ちこんできた。力まかせの剣だった。

新八郎は、二度、三度とこれをかわし、熊井の剣が流れたその一瞬を見て熊井の小手を峰を返して撃った。

「おのれ……」

熊井は苦々しく呟くと、再び構え直すとみせて、突然踵《きびす》を返した。刀をぶらさげたまま、もと来た方向に走って行く。

「待て！」

孝太郎が追おうとした。

「止めなさい！」

新八郎は孝太郎の袖をとって止め、彼方に顎をしゃくった。

熊井が走っていく先に、数人の武家が現れるのが見えた。その中の一人が凜とした声で呼んだ。

「岩井藩目付、結城《ゆうき》要次郎《ようじろう》、新見孝太郎の敵討ち、検分に参上した。熊井佐太夫、逃げるとは卑怯《ひきよう》なり。尋常に勝負しろ」

退路を断たれた熊井は、唇を噛《か》んでくるりとこちらに向き直った。

「くそっ」

熊井は追いこまれた獣のように引き返して来た。

「孝太郎、いいな」

「はい」

新八郎の問いかけに、孝太郎ははっきりとした声を上げた。

「熊井佐太夫、父の敵」

孝太郎は勇敢に構えて立った。

その時である。

再び熊井が孝太郎目がけて走って来た。

「油断するな！」

新八郎は孝太郎に声をかけると、振り下ろして来た熊井の剣を、こちらから踏み込んで受け止めると擦り上げた。

「あっ」

熊井が叫ぶのと同時に、熊井の剣は、はるか遠くに鈍い光を放って飛んだ。

「いまだ！」

新八郎が叫んだ時、体勢を崩してのけぞった熊井の懐を目指して、孝太郎が飛び込んだ。

「ヤー！」

孝太郎の剣は、鈍い音を立てて、熊井の脇腹に食い込んだ。

「小僧……」

熊井が脇差《わきざ》しをつかもうと手を伸ばしたが、遅かった。

熊井は、孝太郎に腹を刺されたまま、後ろに音を立てて落ちて行った。

「新見孝太郎、見事であった」

熊井を検死した目付の結城が叫んだ。

「ありがとうございます」

孝太郎は膝をついて頭を下げた。まだ幼い肩が荒い息で波打っている。

結城要次郎がゆっくりと孝太郎に近づいて来た。

「新見孝太郎、そなたの苦労は、そこにおられる青柳殿から手紙にて知らされておる。いずれお家再興の沙汰《さた》もある筈、吉報を待て」

結城はほほ笑んで孝太郎に言った。

風に揺れる茅の擦れ合う音かと思ったら、源助が泣いていた。


「兄上、万之助でございます」

孝太郎の敵討ちが終わった翌日のこと、粗末な朝食の膳に向かっていた新八郎の長屋に、菅笠の武家の影が立った。

「万之助……」

まさかと耳を疑ったが、戸を開けて入ってきた男を見て、新八郎は思わず箸《はし》を落としそうになった。

「お前は……どうしたのだ」

「お久し振りでございます。江戸に急遽《きゆうきよ》御用を賜りまして、一月ほど前に参っておりました」

「何と……上がれ、まあ、上がってくれ」

新八郎は、急いで膳を横に滑らせると、そこに万之助を座らせた。

万之助は、じろじろと周りを見渡していたが、

「このようなわびしい一人住まいとは……何か不自由なことがあれば、遠慮なく申しつけて下さい」

昔とはうってかわった、頼もしいことを言った。

「何、口入れ屋の仕事もある。軒にかけてある看板で客も増えた。俺のことは案ずるな」

「兄上、柳原の土手で少年に剣の稽古をつけていたのも、仕事ですか」

「お前、見ていたのか……そうか、あの時の菅笠はお前だったのか」

「はい。兄上の暮らしを見届けなくてはと思っておりましたので」

「万之助、お前、立派な青柳家の当主になったな」

「兄上のおかげです。兄上が事情があったとはいえ、私に家督を譲って下さった、そのお陰です」

「万之助……」

「私は感謝しているのです。部屋住みの次男坊の私が家を継ぐことになったのは、兄上の潔さからです。夢にも望めなかった妻も娶《めと》ることになりました」

「そうか、それはいい。で、相手は誰だ」

「勘定組頭の村上久左衛門《むらかみきゅうざえもん》様のご息女、好枝《よしえ》殿です」

「おお、噂で聞いたことがあるぞ、美人だとな。それは良かった」

「祝言は年の暮れになりそうです。その時には帰ってきてくれますね」

「しかし、浪人の俺が出席しては、まずいのではないか」

「いいえ、先方にはなにもかも事情は話してあります。村上様もいたく兄上のこと、感じ入って下さいまして、そのように妻を大切に想う家なら娘も安心だと、そう申されて……兄上、何の懸念もございません」

「わかった、考えてみる。しかし思いがけず良い知らせを貰った。どうだ、冷や飯だが食うか」

冷えた味噌汁《みそしる》と冷えた御飯、香のものだけの膳を見遣る。

「私は藩邸で食べて来ました。それより兄上、重大な話があって私は参ったのです」

じっと見る。先程まではうってかわった真剣な顔をしていた。

「何だ、俺のことか」

「姉上のことです」

「志野の……」

新八郎は絶句した。

まさか、国元にいる弟が妻の消息を持ってくるとは、想像だにしなかったことである。

「話してくれ、万之助」

新八郎は、部屋の片隅に置いてある箱の上の色づいた柿を、ちらと見て座り直した。

柿は先日、根岸の別荘を訪ねた時、おまちから貰ったあの柿であった。

一つは孝太郎に食べさせて、もう一つは常々世話になっている八重にやり、多聞の子どもたちにと、二つやった。

最後のひとつは自分が食するつもりでいたのだが、柿にまつわるおまちの話を聞いたことから、柿を食すれば、昔の志野の姿が消えてなくなるような気がして、食べられないで置いてある。

弟の万之助がこうして突然志野の話を持ってきたのも、柿が呼び寄せてくれたのではないかと思えるのであった。

万之助は膝を直すと言った。

「江戸に参る一月前のことです。私は御納戸頭様に用事を言いつけられて、城の後方にある稲垣村に参ったのですが、兄上もご存じのように、稲垣村は藩の外れです。後方には高い山地が広がっていて、稲垣峠があります」

「知っている。隣藩笠間《かさま》藩との国境《くにざかい》だ」

「そうです。稲垣峠の中程がその境界線になるのですが、稲垣村はわが藩では有数の米の産地です。村一帯が裕福で、庄屋の藤兵衛《とうべえ》もわれらの接待には心をつくしてくれたのですが、その時、妙な話を聞いたのです」

「…………」

「兄上も耳にしていたと思うのですが、稲垣峠近くの民家で幕吏《ばくり》が追っかけていた蘭学者《らんがくしゃ》の大物が捕まったという話です」

「うむ。確かそういう話はあったな」

「はい。わが藩とは、なんのかかわりもないと思われていたのですが、実はその捕まった蘭学者に隠れ屋を提供していたのが、峠近くの山林を所有していた稲垣村の者だったのです」

「ふむ」

「城下の者は、その話を聞いた時、一網打尽にみな捕まったのだと思っていました」

「そうだった。蘭学者の話題など、他人ごとのように思えたに違いない」

「はい。ところが、その大物の蘭学者は病んでいたようです。余命いくばくもないような有様で、武家の女が一人看病していたと……」

　万之助は、暗い目をして新八郎を見た。

「まさか、それが志野だったというのか」

「私も初めは庄屋の話に、なにげなく耳を傾けていたのですが、幕吏が踏み込む前に逃げたというその女の人の話を聞いているうちに、どうも姉上にそっくりだと……」

「まさか……」

「色が白く美しい人だったようですが、里に何度か下りてきて、野菜や食べ物を調達していたようですから、みんなの記憶に残っていたのです。その女の人の顔形はむろんのことですが、兄上、姉上は嫁ぐ時に持ってきた友禅の美しい前垂れをしていましたね。台所の用事をする時などよくつけていました」

「うむ」

「その病人の世話をしていた女の人は、とてもあの近辺では見たこともない、美しい花柄の友禅の前垂れをしていたと言うのです」

「万之助……」

新八郎は、驚愕《きようがく》して万之助を見返した。

「私もその話を聞いた時には、息が止まるほどびっくりしました。思わず口を押さえようとしたぐらいです」

「しかしなぜ……」

「はい。その謎は、どう考えてもわかりませんが、庄屋の話によれば、その女の人は捕まっていないということです。そのことだけは、はっきりしています」

「そうか……」

新八郎の胸が騒いだ。

万之助の話が本当なら、志野は追っ手に追われて、この江戸の人混みの中に身を隠しているということか――。

そういうことなら、昔の親しい友人にも会いに行く筈がない。

おまちにさえ顔を見せないのも得心がいく。

――しかし、なぜだ。

追われている蘭学者と志野はどんなかかわりがあったというのだ。

新八郎の知らない志野の一端を見せつけられたようで、気持ちが塞《ふさ》ぐ。

――蘭学者か……一度当たってみる必要があるな。

「ところで万之助、その蘭学者はなんという名の人だったのだ」

「野田玄哲《のだげんてつ》」

「野田玄哲？」

「何でもこのところの世情が悪化しているのは、お上の政《まつりごと》のどこそこに誤ちがあるなどという建白書を幕府に奏上したと言うのですが」

「それで追われることになったのか」

「そのようです」

「…………」

「余程幕府の気にいらぬことが書いてあったのではないでしょうか」

「ふーむ」

どう考えても、蘭学のらの字も口に出したことのない志野と関わりがあるとは思えなかったが、しかし、黙視できる話ではないと思った。

「わかった。何の手がかりもなかったのだ。外れてもともとだ。探ってみよう」

「兄上、姉上が生きていたとわかったと思えば、それだけで、ほっとするではありませんか。私も何か新しいことが知れたら、また連絡します」

「すまぬな、万之助」

新八郎は、しみじみと言った。

「兄上らしくもない。では、私はこれで……」

万之助は立ち上がった。

明日江戸を出立するので、荷物の整理や挨拶まわりがまだ残っていると言うのである。

「時々江戸に参ることになりそうです」

万之助は、そんなことを最後に言った。

二人して外に出ると、小さな霧雨が降っていた。

「万之助、傘を持っていけ」

「大丈夫です。私にはこれがあります」

万之助は、すばやく菅笠をつけた。

新八郎は、木戸口まで万之助を見送った。

万之助はなんども振り返って、手を上げた。

甘えん坊だった幼い頃の万之助の姿が思い出されて、新八郎は苦笑した。

万之助が霧雨の中に消えてしまうと、新八郎は夢でもみていたような錯覚にとらわれていた。

あとがき

令和二年正月、小説家としてデビューして十八年目を迎えた。

現在住んでいる所は、山梨という名前の発祥の地と言われていて、空気の綺麗な、日当たりの良い場所にあり、町を一歩出れば桃や葡萄《ぶどう》の畑が農道の両脇に続いている。

家の近くには武田家ゆかりの古い神社があって、そこから山肌に沿って坂が続き、丘の向こうに下りて家に戻る小道は、私にはうってつけの散歩道となっている。

夏の暑い日は別にして、天気の良い日には極力この坂を上って健康を保つようにつとめているのだが、今日もその坂道を上りながら、このたび新装版として再び小学館で出版して頂くことになった『浄瑠璃長屋春秋記』に思いを馳せた。

帰宅してからこの文を書いているのだが、改めて読み返してみても、思い出深い話が載っている。

このシリーズの初版は、徳間文庫から平成十七年十月に出版しているのだが、小説家としてデビューして丸三年、縁切り寺の話で『隅田川御用帳』を何作か出版した頃だ。

様々な縁切りの話を書いていたが、武士の夫婦の話で、妻が失踪《しっそう》した話を書いてみようかと考えていたところだった。

江戸時代の離縁は、夫の意志ひとつである。訳も告げずに消息を絶った妻を、私が綴《つづ》る武士の夫はどうするのか。

愛情の有無に関係なく、夫は離縁するのかしないのか。

このテーマに毅然《きぜん》として立ち向かわせたのが、この本の主人公、青柳新八郎《あおやぎしんぱちろう》という陸奥国平山藩《むつのくにひらやま》五万石のお納戸役でした。

妻の名は志野《しの》。新八郎の母親との嫁姑の確執もあったことから、新八郎は、すぐに離縁をするなどという道を選ぶことはしなかった。

当時ならすぐに離縁となってもおかしくない話だが、新八郎は武士らしくないといえばそうだが、愛情豊かな人間らしい武士として登場させた。

——何故妻志野は姿を消したのか——

それをつきとめなければ離縁は出来来ぬ、一方的に処断は下せないと新八郎は考えたのだ。

ただ、この時代、妻が家出をしたからと言って、武士が勝手に国を離れてさがしに行くことは許されない。まして新八郎はお役持ちだったのだ。

そこで新八郎は、家督を弟に譲って国を出、江戸の浄瑠璃長屋に住み、妻を探すことになるのだが、次第に妻がある事件がらみで姿を消したのではないかと思えるようになってくる。

巻を重ねるごとに、妻失踪に関わる事件が少しずつ見えてきて、四巻で完結となっている。

物語の大きな柱のひとつは、志野を失踪させた事件だが、もうひとつの物語の柱は、新八郎が『よろず相談』で受けたさまざまな相談や事件を、解決する痛快な姿である。

一巻一巻に収録している物語の中で、現代では見えにくくなっている人の情を、江戸の風俗を書きこんでいます。

殺伐とした心の中にも、一筋の赤い血が流れ、人肌を慕う情が脈打っていることを読み解いて頂きたいと思っています。
読者の皆様には、存分に江戸を、そして人の情の温かさを味わって頂きたいと思っています。

二〇二〇年一月

小学館文庫
好評既刊

浄瑠璃長屋春秋記 照り柿

藤原緋沙子

ISBN978-4-09-406744-6

三年前に失踪した妻・志野を探すため、弟の万之助に家督を譲り、陸奥国平山藩から江戸へ出てきた青柳新八郎。今では浪人となって、独りで住む裏店に『よろず相談承り』の看板をさげ、見過ぎ世過ぎをしている。今日も米櫃《こめびつ》の底に残るわずかな米を見て、溜め息を吐いていると、ガマの油売り・八雲多聞がやって来た。地回りに難癖をつけられていたところを救ってもらった縁で、評判の巫女占い師・おれんの用心棒仕事を紹介するという。なんでも、占いに欠かせぬ亀を盗まれたうえ、脅しの文まで投げ入れられたらしい。悲喜こもごもの人間模様が織りなす、珠玉の第一弾。

小学館文庫
好評既刊

勘定侍 柳生真剣勝負〈一〉
召喚

上田秀人

ISBN978-4-09-406743-9

大坂一と言われる唐物問屋淡海《おうみ》屋の孫・一夜は、突然現れた柳生家の者に御家を救えと、無理やり召し出された。ことは、惣目付《そうめつけ》の柳生宗矩《むねのり》が老中・堀田加賀守《かがのかみ》より伝えられた、四千石の加増にはじまる。本禄と合わせて一万石、晴れて大名となった柳生家。が、大名を監察する惣目付が大名になっては都合が悪い。案の定、宗矩は役目を解かれ、監察される側に立たされてしまう。惣目付時代に買った恨みから、難癖をつけられぬよう宗矩が考えた秘策が一夜だったのだ。しかしなぜ召し出すのが商人なのか？　廻国中の柳生十兵衛も呼び戻されて。風雲急を告げる第一弾！

小学館文庫
好評既刊

脱藩さむらい

金子成人

ISBN978-4-09-406555-8

香坂又十郎は、石見国、浜岡藩城下に妻の万寿栄と暮らしている。奉行所の町廻り同心頭であり、斬首刑の執行も行っていた。浜岡藩は、海に恵まれた土地である。漁師の勘吉と釣りに出かけた又十郎は、外海の岩場で脇腹に刺し傷のある水主の死体を見つける。浜で検分を行っていると、組目付頭の滝井伝七郎が突然現れ、死体を持ち去ってしまった。義弟の兵藤数馬によると、死んだ水主の正体は公儀の密偵だという。後日、城内に呼ばれた又十郎は、謀反を企んで出奔した藩士を討ち取るよう命じられる。その藩士の名は兵藤数馬であった。大河時代小説シリーズ第一弾！

小学館文庫
好評既刊

死ぬがよく候〈一〉 月

坂岡真

ISBN978-4-09-406644-9

さる由縁《ゆえん》で旅に出た伊坂八郎兵衛は、京の都で命尽きかけていた。「南町の虎」と恐れられた元隠密廻り同心も、さすがに空腹と風雪には耐え切れず、ついに破《や》れ寺《でら》を頼り、草鞋《わらじ》を脱いだ。冷えた粗菜にありついたまではよかったが、胡散臭《うさんくさ》い住職に恩を着せられ、盗まれた本尊を奪い返さねばならぬ羽目に。自棄《やけ》になって島原の廓《くるわ》に繰り出すと、なんと江戸で別れた許嫁《いいなずけ》と瓜二つの、葛葉《くずのは》なる端女郎《はしじょろう》が。一夜の情を交わした翌朝、盗人どもを両断すべく、一条戻橋《いちじょうもどりばし》へ向かった八郎兵衛を待ち受けていたのは……。立身《たつみ》流の秘剣・豪撃《こわうち》が悪党を乱れ斬る、剣豪放浪記第一弾！

小学館文庫
好評既刊

突きの鬼一

鈴木英治

ISBN978-4-09-406544-2

美濃北山三万石の主百目鬼一郎太の楽しみは月に一度の賭場通いだ。秘密の抜け穴を通り、城下外れの賭場に現れた一郎太が、あろうことか、命を狙われた。頭格は大垣半象、二天一流の遣い手で、国家老・黒岩監物の配下だ。突きの鬼一と異名をとる一郎太は二十人以上を斬り捨てて虎口を脱する。だが、襲撃者の中に城代家老・伊吹勘助の倅で、一郎太が打ち出した年貢半減令に賛同していた進兵衛がいた。俺の策は家臣を苦しめていたのか。忸怩たる思いの一郎太は藩主の座を降りることを即刻決意、実母桜香院が偏愛する弟・重二郎に後事を託して単身、江戸に向かう。

小学館文庫
好評既刊

陽だまり翔馬平学記
姫の守り人
早見俊

ISBN978-4-09-406708-8

軍学者の沢村翔馬は、さる事情により、美しい公家の姫・由布《ゆう》を守るべく、日本橋の二階家でともに暮らしている。口うるさい老侍女・お滝も一緒だ。気分転換に歌舞伎を観に行ったある日、翔馬は一瞬の隙をつかれ、由布を何者かに攫《さら》われてしまう。最近、唐土《もろこし》からやって来た清《しん》国人が江戸を荒らしているらしいが、なにか関わりがあるのか？　それとも、以前勃発した百姓一揆で翔馬と敵対、大敗を喫し、恨みを抱く幕府老中・松平信綱の策謀なのか？　信綱の腹臣は、高名な儒学者・林羅山の許《もと》で隣に机を並べていた、好敵手・朽木誠一郎なのだが……。シリーズ第一弾！

小学館文庫
好評既刊

陽だまり翔馬平学記
独眼龍の夢

早見俊

ISBN978-4-09-406722-4

突然、妖しい術を遣う美少年が江戸に現れた。彼は宗門改方からキリシタンを救うと、天草四郎の生まれ変わりを名乗ったという。時を同じくして、伊達政宗の命でローマ法王庁に派遣された支倉《はせくら》常長の孫・常信が、軍学者・沢村翔馬の塾に入門する。一方、公家の姫・由布《ゆう》の許には、父・飛鳥《あすか》小路《こうじ》大納《だいな》言《ごん》からの文が届く。江戸に下向するので会いたいらしい。翔馬と由布の周りが騒がしくなる中、仙台藩を改易に追い込もうと、老中・松平信綱と腹臣・朽木誠一郎は、政宗直筆の「倒幕の密書」を手にすべく、陰謀を巡らせる。姫の守り人が正義の刃を揮う、シリーズ第二弾！

小学館文庫
好評既刊

提灯奉行

和久田正明

ISBN978-4-09-406462-9

十一代将軍家斉の正室寔子の行列が愛宕下に差しかかった時、異変は起きた。真夏の炎天下、白刃を振りかざして襲いかかる三人の刺客。狼狽する警護陣。その刹那、一人の武士が馳せ参じるや、抜く手も見せず、三人を斬り伏せた。

武士の名は白野弁蔵、表御殿の灯火全般を差配する提灯奉行にして、御目付神保中務から陰扶持を頂戴する直心影流の達人だった。この日から、徳川家八百万石の御台所と八十俵取り、御目見得以下の初老の武士の秘めたる恋が始まる。それはまた、織田信長を〝安土様〟と崇める闇の一族から想い人を守らんとする弁蔵の死闘の幕開けでもあった。

本書のプロフィール

本書は、二〇一四年九月に徳間文庫から刊行された同名作品を、加筆改稿して文庫化したものです。

小学館文庫

浄瑠璃長屋春秋記《じょうるりながやしゅんじゅうき》
照《て》り柿《がき》

著者　藤原緋沙子《ふじわらひさこ》

二〇二〇年二月十一日　初版第一刷発行

発行人　飯田昌宏
発行所　株式会社　小学館
〒一〇一－八〇〇一
東京都千代田区一ツ橋二－三－一
電話　編集〇三－三二三〇－五九五九
　　　販売〇三－五二八一－三五五五
印刷所――――中央精版印刷株式会社

ISBN978-4-09-406744-6